스님, 고민이 있어요

스님, 고민이 있어요

1판 1쇄 발행 2021년 11월 21일
1판 3쇄 발행 2022년 6월 20일

지 은 이 등명
사 진 김지언
펴 낸 이 신혜경
펴 낸 곳 마음의숲

대 표 권대웅
편집주간 박현종
편 집 김도경 최현지
디 자 인 박기연
마 케 팅 노근수

출판등록 2006년 8월 1일(제2006-000159호)
주 소 서울시 마포구 와우산로30길 36 마음의숲빌딩(창전동 6-32, 3층)
전 화 (02) 322-3164~5 팩스 (02) 322-3166
이 메 일 maumsup@naver.com
인스타그램 @maumsup
용지 (주)타라유통 인쇄·제본 (주)에이치이피

ISBN 979-11-6285-097-8 (03810)

*값은 뒤표지에 있습니다.

선암사 템플스테이 교장 등명 스님의
마음을 밝혀주는 이야기

스님, 고민이 있어요

등명 지음

마음의숲

들어가며

선암사에서는 템플스테이를 운영하고 있습니다. 선암사뿐만 아니라 우리나라의 많은 절에서는 템플스테이를 운영하고 있지요. 템플스테이란 일반인들이 절에서 숙식하면서 쉬어가는 프로그램으로, 처음 시작하게 된 계기는 2002년 한일 월드컵 때로 알고 있습니다. 정부에서는 한국을 찾는 외국인들의 부족한 숙박 시설을 보충하고 불교계에서는 한국불교를 외국인들에게 알리는 기회로 삼고자 시작했다고 합니다. 대회가 끝난 후에는 활용 공간을 내국인에게도 개방하게 되었으며 지금은 종교를 떠나서 일반인들 누구나 편안하게 지낼 수 있는 휴식 공간으로 자리매김하게 되었지요.

세상은 하루가 다르게 변해가고 있습니다. 사람들의 지적 수준은 향상되고 자존감은 높아졌습니다. 근로시간은 단축

되고 쉬는 날이 많아지면서 이른바 근로가 생산이 아닌 휴식이 생산인 시대가 되었습니다. 헌데도 의외로 힘들어하는 사람들이 많습니다. 육체적인 피로감보다는 정신적인 스트레스를 호소하는 사람들이 많아졌습니다. 사람들의 의식이 시대 정신을 따르지 못하는 것일까요. 아니면 세상이 똑똑해지고 냉정해졌기 때문일까요. 가뜩이나 지금 세상은 코로나로 인해 어느 때보다도 삶이 힘들어졌습니다. 사람들의 마음은 닫히고 인심마저 각박해졌습니다.

바람 잘 날 없는 세상에 모진 비바람이 불고 있습니다. 허나 어찌합니까. 한번 이 땅에 온 이상 우리는 갈 곳이 없습니다. 사방을 둘러보아도 우리가 사는 이곳 이외에 이주할 만한 꿈의 나라는 없습니다. 우리가 추구하는 꿈의 세계는 오직 현재 내 삶 속에 존재할 뿐입니다. 내가 머무는 그 자리가 바로 삶의 터전이요 안식처요 희망의 나라이지요. 이 엄연한 현실을 자각할 때만이 파도를 헤치고 힘차게 앞으로 나아갈 수 있겠지요.

《스님, 고민이 있어요》는 템플스테이 참가자들의 고민이나 삶의 애환을 듣고 나름대로 세상을 살아가는 길을 서술해 놓은 책입니다. 예스러움을 고이 간직하고 있는 조계산 선암사. 그 고즈넉한 풍경 속으로 떠나는 여행. 선암사를 보되 선암사의 마음을 보고, 조계산을 보되 조계산의 마음을 읽을 수 있다면, 우리는 서로 따뜻한 마음을 주고받을 수 있으련만……. 거친 세상에 살면서도 조용한 태풍의 눈 속에 안주할 수 있으련만…….

부처와 조사의 정신이 산이 되고 숲이 되고 도량이 되어버린 선암사. 이따금 도시의 생활이 답답하고 힘들 때는 선암사로 오세요. 재생의 정기를 듬뿍 머금고 있는 도량을 거닐어보세요. 천오백 년의 가락을 지닌 선암사의 기운이 당신의 고민을 해결해줄 것입니다.

등명 합장

차
례

2장 | 나를 성장시킬 수 있는 인연들과 만나기

3장 | 나와의 약속을 지키며 살기

4장 | 내가 머무는 자리가 쉼이자 도량이게 하기

1장

—

나를 자연 속에서 쉬게 하기

선암사로 올라오는 길은 내려가는 길이다

공손하게 합장하고 허리를 깊숙이 숙여 절을 해본다. 절을 하면서 한 번쯤 생각하고 느껴본다. 나는 그동안 누구에게 허리를 숙여본 적이 있었던가. 누구에게 먼저 손을 내밀어본 적이 있었던가. 사람의 제일 덕목은 겸손이라고 했는데, 자신을 낮출 줄 알아야 한다고 했는데, 일 보 후퇴로 이 보를 전진할 수 있다면 그 길을 가야만 하기에…….

선암사로 오르는 길은 계곡을 끼고 도로가 나 있다. 올라오면서 물 따라 길 따라 여행을 떠나보라는 배려가 담긴 길이다. 물은 성품이 낮은 곳으로 낮은 곳으로 흘러만 간다. 그리고 모양에 순응하되 결코 다투지 않으며 부딪히고 넘어지

고 깨지면서도 지세를 거스르지 않는다. 그런 연유로 인더스강이든 갠지스강이든 한강이든 낙동강이든 육지의 모든 강물은 흘러 흘러서 바다로 들어간다.

바다로 들어가면 모두 섞여 하나의 맛이 된다. 이름도 없어지고, 성도 없어지고, 고향도 없어지고, 모양도 색깔도 없어진다. 너와 나의 경계는 사라지고 부패하지도 않고 차별도 없는 평등한 세상이 된다.

모두가 하나요, 하나가 모두인 세상. 하나 속에 모두가 있고 모두 속에 하나가 있는 세상. 부처나 예수가 꿈꾸는 세상이다. 그러므로 선암사로 올라오는 길은 내려가는 길이다. 내려가는 길도 내려가는 길이요, 바로 가는 길도 내려가는 길이요, 돌아가는 길도 내려가는 길이다.

우리가 가야 하는 모든 길은 내려가는 길이며 내려가는 길이야말로 자신이 올라갈 수 있는 유일한 길이다. 부처나 예수는 자신을 낮추고 낮추고 낮춰서 높아진 분들이 아니던가.

참으로 묘한 것이 인생길이다. 내려다볼 때는 보이지 않던 길이 내려오면 보인다. 내려오지 않으면 아무리 두리번거려도 길이 보이지 않는다. 성큼성큼 걸어 내려오라. 요즘같이 힘든 세상에 겸양의 덕을 지닐 수 있다면 자신만의 또 다른 경쟁력이 될 수 있다.

당신이 직장에서 누군가에게 인사했을 때 상대는 그 인사를 받고 싶어 할 수도, 받기 싫어할 수도 있다. 그러니 혹시 상대에게 받기 싫은 인사를 해놓고 받지 않는다고 불만을 가져본 적은 없는지 생각해보자. 무릇 겸양의 덕을 지닌 예의범절이 깃들어야 진정한 인사가 아니겠는가.

매화의 향을 지닌 사람

선암사의 매화나무는 천연기념물 488호다. 안내 표지판에는 600년 된 선암매라고 적혀 있다. 그러나 정확한 나이는 알 수 없으며 굳이 알 필요도 없다. 다만 선암매의 선두주자라고 할 수 있는 선원 앞의 매화나무는 사람들을 압도하는 기품이 있어 수령이 얼마나 되었을까 궁금할 때가 있다.

선암사에 전해지는 말에 의하면 선암매는 1천 년을 살았다고 한다. 그래서일까 선암매는 선암사의 역사와 전설이 되었다. 매화가 필 무렵 선암사 종무소의 전화벨은 쉴 새 없이 울려댄다. 매화가 언제 피냐고 묻는 전화다. 다짜고짜 묻기도 하고 지나치게 미안해하기도 한다. 어떤 사람은 언제쯤

가야 사진이 제일 잘 나오는지 묻기도 하고, 어떤 사람은 꽃이 몇 퍼센트나 피었냐고 묻기도 한다.

심지어 몇 퍼센트 피었다고 해놓고 왜 거짓말을 했냐고 항의하는 사람도 있다. 나름대로 기대를 하고 왔는데 생각보다 실망이 컸던 모양이다. 그러나 안타깝지만 이곳에서도 매화가 피는 날짜를 정확하게 가늠하기는 어렵다. 물론 매화를 구경하러 오시는 분들이야 정확한 정보를 알고 싶을 것이다. 그러나 나무는 수령이나 성품에 따라 개화 시기가 다소 다르다.

뿐만 아니라 꽃은 날씨에 민감하여 예측하기가 더 쉽지 않다. 절에서도 좀 더 세심한 배려가 필요하겠지만 매화가 필 무렵이면 종무소 직원들도 그만큼 예민해진다. 어느 도시에서는 벚꽃 축제의 시기를 맞추기 위해 나무 밑에 얼음을 쏟아부어 많은 사람의 빈축을 사기도 했다고 한다. 그게 가능할지는 모르겠으나 어떻게 보면 이 모두가 서로의 이해심 부족에서 오는 해프닝일지도 모르겠다.

어찌 되었든 선암매를 사랑하는 사람들의 애타는 심정 때문인지 선암매가 꽃망울을 활짝 터트렸다. 아직은 추운 날씨인데도 도량에는 어느새 매화 향기가 가득하다. 초롬한 청

매, 중후한 홍매, 고결한 단엽백매가 보란 듯이 의기양양하다. 특히 선암사의 매화나무를 대표하는 선암매가 꽃을 활짝 피워 그 완연한 자태를 드러냈다. 비록 피부는 거칠고 손발이 갈라지고 근골이 처연하게 드러나 있지만 풍의가 예사롭지 않다.

달마선원 앞의 단엽백매를 무심히 바라보고 있노라면 마치 오욕락에 물들지 않은 선승의 모습이라고나 할까, 인욕과 지계로 살아오신 선조사 스님들의 화현이라고나 할까. 천년의 풍상을 겪은 탓일까. 선암매는 유난히 향기가 깊고 그윽한 가락을 지니고 있다. 그래서일까, 매화는 누가 뭐래도 선암사의 자랑이요, 자부란다.

매화는 본디 그 성품이 강직하여 지조와 절개를 상징한다. 쉽게 흔들리지 않는 군자의 기품과도 같다. 매화는 결코 추위를 두려워하지 않는다. 설중매라 하여 눈 속에서 피기도 하고, 납월매라 하여 혹한의 동짓달에도 꽃을 피운다. 고드름 같은 추위에도 아랑곳하지 않고 꽃을 피우는 매화. 모진 추위 속에서도 움츠리지 않고 자신의 온몸을 비틀어 한 송이 꽃을 피우는 매화는 꽃 중의 꽃이요, 향기 중의 향기다.

그래, 매화 같은 사람이 되어야지. 매화나무처럼 어떤 열악한 환경 속에서도 좌절하거나 절망하지 않고 스스로 봄을 일구어 꽃을 피우는 사람이 되어야지. 무릇 그런 사람만이 매화처럼 그윽한 향기를 지닐 수 있나니……. 봄이 오면 누군들 꽃을 피우지 못하겠는가.

매화는 봄을 기다리는 사람들에게 봄은 스스로 일구어야만 꽃을 피울 수 있다는 진리를 가르쳐주기 위하여 오늘도 우리 곁에 머물러 있는지도 모른다.

잘생긴 선암사 뒤-ㅅ간

30년 전, 우연히 찾은 선암사. 그때 보았던 뒤-ㅅ간의 신선한 충격을 못 잊어 다시 찾아왔다. 무심한 세월 속에서도 선암사의 뒤-ㅅ간은 한층 의젓해졌구나. 시공을 초월한 듯 깊고도 중후한 멋이 있구나.

뒤-ㅅ간과 대변소라는 편액도 낯설지 않고 더욱 정감이 간다. 마치 동무들과 뛰어놀던 고향 집에 온 느낌이라고나 할까. 그래, 선암사의 뒤-ㅅ간이 어디 예사로운 곳이던가. 우선 'ㅅ간 뒤' 라고 쓰인 편액부터 사람들의 호기심을 자극한다. 선암사를 찾은 사람들은 이 낯선 글자의 정체를 밝히기 위해 다양한 해석을 내놓는다. 편액에 쓰인 글자의 배열 그대로 좌측부터 읽으면 거꾸로 읽게 되는데도, 그럴듯하게 ‘싼 뒤’나 ‘깐 뒤’를 만들어내곤 한다.

헌데 옛날 방식으로 우측부터 바로 읽으면 뒤-ㅅ간이 된다. 이렇게 읽어야 대변소 앞에 걸려 있는 편액을 올바로 본 것이다. 어찌 되었든 선암사의 뒤-ㅅ간은 생긴 것도 잘생겼지만 언덕 위의 고즈넉한 누각은 주위의 풍광과 어우러져 빼어난 자연미를 자랑한다. 가파른 언덕을 활용하여 출입은 언덕 위쪽으로 하고 배설물은 언덕 아래 깊숙한 장소에 떨어지도록 지어 자연스럽게 냄새에서 벗어날 수 있게 배려하고 있다. 배설물이 쌓이는 공간에는 대문이 달려 있어서 치울 때 사람들이 들어가서 작업하게 되어 있다.

과거 60년대까지만 해도 볼일을 보고 뒤처리할 때는 마른 풀을 사용했다. 그때만 해도 워낙 가난한 시절이라 뒤처리할 종이가 없어 일꾼들이 항상 풀을 준비해놓았다. 가능한 부드러운 풀을 베어서 말려놓는데, 변소의 칸마다 항상 마른풀이 수북이 쌓여 있었다. 그러다 보니 배설물이 쌓이는 곳에는 물이 생기지 않고 배설물은 그대로 퇴비가 된다. 마른풀을 사용할 때는 자칫 상처를 입을 수 있기 때문에 상당한 주의와 요령도 필요하다.

그다음으로 뒤처리할 때 사용한 것은 두꺼운 종이로 된 밀가루 포대였다. 종이가 두꺼워서 손으로 비벼 부드럽게 만든 다음에 사용했다. 신문지도 사용했다. 배설물이 쌓이는 곳에는 낙엽을 넣어 치우는 데 용이하도록 했다.

이렇게 선암사의 뒤-ㅅ간은 우리나라가 가난했던 시절의 애환을 고스란히 간직한 역사의 현장이기도 하다. 특히 뒤-ㅅ간은 언제부터인가 '해우소'라고 불리며 배설물과 함께 내 마음의 쓰레기도 함께 버리는 곳으로 풍자되기도 했다. 하긴 화장실 들어갈 때와 나올 때의 뱃속 상황이 다른 것처럼, 볼일을 보다가 '답답한 내 마음도 함께 버릴 수 있다면 얼마나 시원하고 좋을까.' 하는 간절함도 묻어나리라.

조계산 선암사의 뒤-ㅅ간. 누가 저 그림처럼 멋진 전각을 뒤-ㅅ간이라고 생각하겠는가. 언덕 위에 우뚝 솟은 하얀 누각을 보고 있노라면 괜스레 어깨가 으쓱해진다. 선암사의 뒤-ㅅ간은 밖에서 바라보는 모습도 매력적이지만 특히 안쪽에서 바라보는 바깥 풍경이 백미다.

조출한 편백나무와 어우러진 녹차밭, 그리고 산문으로 오르는 푸른 숲길과 그 사이로 흐르는 개천은 배설이 주는 시원한 느낌과 더불어 나를 잠시 황홀경으로 이끈다. 어디 그

뿐이던가! 비 오는 날의 물안개와 눈 오는 날의 설경, 그리고 울긋불긋 곱게 물든 단풍 등 뒤-ㅅ간에 앉아서 바라본 선암사의 사계는 늘 새롭게 아름다웠다.

그랬었구나. '그래서 선암사를 선계仙界라고 하였구나'라는 생각이 들 정도로 환상적인 분위기를 연출한다. 특히 선암사 뒤-ㅅ간은 글 쓰는 사람에게 한 편의 시가 되고, 사진 찍는 사람에게 멋진 작품이 되고, 그림 그리는 사람에게 고즈넉한 그림이 된다.

시원스럽게 열린 공간, 선암사 뒤-ㅅ간. 마치 관객처럼 편안한 마음으로 앉아 있자니 미상불 둥근달도 비우러 찾아오는구나. 모든 유정물과 무정물, 현상계와 물질계, 진법계와 허공계가 볼일이 있어도 볼일을 보러오고 볼일이 없어도 볼일을 보러오는 희한한 도량이 선암사 뒤-ㅅ간이다.

푸른 세상에서 누릴 수 있는 축복

겨우내 움츠렸던 산야에 봄이 찾아왔다. 대지는 비릿한 흙내음을 풍기고 계곡의 물소리는 한층 깊어졌다. 도량에는 두꺼운 옷을 벗은 스님들의 홀가분한 염불 소리가 구성지게 울려 퍼지고 갓 태어난 새 새끼들의 울음소리는 정겹기만 하다. 봄으로 가는 길목, 나무들은 기다렸다는 듯이 자신의 모든 것을 끌어올려 꽃을 피운다.

생명의 기운이 물씬 풍기는 나뭇가지는 하나둘 꽃망울을 터트린다. 사람들이 취향에 따라 다양한 색깔의 옷을 입듯 나무들도 성품 따라 형형색색의 꽃을 피운다. 도량에는 어느새 다양한 꽃들이 반발한 화엄華嚴의 세계가 펼쳐진다. 아름다운 꽃으로 장식한 봄은 바야흐로 무르익어간다.

활짝 핀 꽃들 사이로 벌과 나비가 분주하다. 이른 새벽부터 벌과 나비는 상기된 얼굴로 꿀을 따기에 여념이 없다. 꽃의 수명은 기껏해야 일주일 남짓인데, 자칫 비라도 내리면 낭패가 아닌가. 서두르는 것이 마치 비설거지라도 하는 양 바쁘게 움직인다. 하긴 벌들도 꽃이 많은 봄철에 일용할 양식을 비축해두어야 하리라. 그러고 보면 벌들이 더 봄을 학수고대하며 기다리는지도 모르겠다.

어찌 되었건 나무는 다만 꽃을 피울 뿐 스스로 수정하지는 못한다. 상황이 이러하다 보니 나무는 향기로운 꽃으로 벌과 나비를 유혹해 자연스럽게 수정을 이룬다. 꽃은 신부가 되고 벌은 신랑이 되어 탐스러운 열매를 맺으려는 나무들의 영악스러움이 그저 신비롭기만 하다.

모든 음양의 이치가 그러하겠지만 이렇게 수정된 나무는 새 생명을 잉태하기 위해 모진 비바람에 항거하며 1개월, 2개월…… 점점 배가 불러간다. 그런 다음 만삭이 되고 농익어 양수가 터지면 깊숙이 갈무리해두었던 씨앗을 분만한다. 대지는 나무가 분만한 씨앗을 겨우내 갈무리한 다음 이듬해 봄 싹을 틔운다. 이 얼마나 거룩하고 위대한 탄생인가!

이렇듯 나무가 꽃을 피우는 내력은 오직 하나, 종족을 번식하기 위한 생명 순환의 대역사인 것이다. 사람이나 새, 설치류를 먹이려고 그토록 탐스럽게 열매를 만드는 것이 아니다. 우리가 즐겨 먹는 사과나 배 등의 과일을 쪼개보면 자궁 깊숙이 씨앗이 갈무리되어 있는 것을 볼 수 있다.

불면 넘어질세라 넘어지면 다칠세라, 씨앗을 보호하기 위한 나무의 모성이 차마 애처롭기까지 하다. 헌데 사람들은 아무런 생각 없이 과일을 먹고 그 씨앗을 버린다. 그 씨앗이야말로 한겨울의 모진 삭풍을 이겨낸 나무들의 힘의 원천이 아니었던가. 유일한 희망이 아니었던가. 헌데 우리가 그들의 희망을 절망으로 만든 것은 아닐까. 새삼 이지러지면 이지러진 대로, 차오르면 차오른 대로 묵묵히 자신의 도리를 다하는 나무의 모성에 경의를 표한다.

봄을 재촉하며 꽃망울을 터트리는 나무의 생애는 무심코 먹는 과일 하나에도 무한 생명의 진리가 담겨 있음을 일깨운다. 나무가 왜 움을 누르고 꽃망울을 먼저 터트리는지 그 이유를 조금은 알 것 같다.

벌과 나비, 그리고 나무는 어쩌면 푸른 세상을 누릴 수 있는 인류의 축복인지도 모른다.

성공은 도전하는 자의 것

산은 높고 골이 깊은 조촐한 암자. 붉은머리오목눈이, 곤줄박이, 동박새, 개똥지빠귀, 딱새 등 암자 주변에는 10여 종의 작은 새들이 둥지를 틀고 살아간다. 산속에서 살아가는 새들에게 겨울은 힘든 시기다. 특히 봄으로 가는 길목에 새들은 유난히 배가 고프다. 곳간은 텅 비었고 벌레는 아직 나올 때가 멀었다.

그래도 새들은 매일 날이 밝으면 먹을 것을 찾아 분주히 산을 누빈다. 허기진 배를 움켜쥐고 요기할 만한 것들을 찾아 숲속을 헤맨다. 텅 빈 겨울 산은 그런 새들의 애환을 아는지 모르는지 추위에 바싹 움츠리고 있을 뿐이다.

나는 양지바른 토방에 앉아 손바닥 위에 땅콩을 올려놓고 생의 무료함을 달랜다. 궁핍한 새들에게 손바닥 위의 땅콩은 거역할 수 없는 유혹이다.

새들의 정보망은 내가 생각했던 것보다 훨씬 빨랐다. 내가 땅콩을 손바닥 위에 올려놓은 지 불과 몇 분 지나지 않아 새들이 모여들기 시작했다. 앞쪽 화단은 어느새 새들로 술렁였다. 이렇게 많이 살았나 싶을 정도로 근 스무여 마리의 새들이 분주하게 움직였다.

그러나 새들은 정작 애만 태울 뿐 쉽게 다가오지 못했다. 새들은 땅콩을 굳이 손바닥 위에 올려놓고 가져가라는 심보는 무엇이냐고, 자비심을 가장한 미끼가 아니냐고 성토하는 것 같았다. 나는 새들의 그런 볼멘소리를 애써 외면한 채 천연덕스럽게 땅콩을 손바닥 위에 올려놓고 가만히 있을 뿐이었다.

그렇게 얼마나 시간이 지났을까. 조금은 지루하다 싶을 즈음 새 한 마리가 무리에서 불쑥 튀어나왔다. 훗날 알게 된 이름이지만 그 새는 '곤줄박이'였다. 부리는 예리하고 눈동자는 동그랗고 얼굴은 야무지게 생겼다. 곤줄박이는 마치 스님의 옷을 입은 듯 깃털이 순 회색이었다.

무리에서 곤줄박이가 튀어나오자 주위에 팽팽한 긴장감이 돌았다. 새들은 곤줄박이의 당돌한 행동이 어떻게 이어질지 예의 주시하는 눈치였다. 곤줄박이는 나의 본심을 읽어내기 위해 연신 고개를 갸웃거리며 눈치를 살폈다. 여차하면 도망칠 요량으로 날개에는 힘이 들어가고 다리에는 핏발이 선다. 그러면서도 땅콩을 쳐다보며 뱀두라지 같은 혀를 말아 군침을 꿀꺽 삼켰다.

한참을 망설이던 녀석은 드디어 결심한 듯 손바닥 위의 땅콩을 향해 힘차게 솟구쳐 오른다. 어쩌면 곤줄박이는 진퇴양난에 빠져 선택의 여지가 없었는지도 모른다. 왜냐하면 결행도 못하고 다시 무리로 돌아가자니 괜히 허세만 부렸다고 동료들에게 비웃음거리가 될 것이 불 보듯 뻔하기 때문이다. 또한 땅콩을 먹으려다 잡히기라도 하면 식탐을 부리더니 그럴 줄 알았노라는 비아냥거림을 들을 것이기 때문이다. 이러지도 저러지도 못하게 된 곤줄박이는 에라 모르겠다, 눈 딱 감고 '어차피 한 번은 죽을 목숨인데 구차하게 사느니 차라리 장렬하게 산화하리라.' 생각하며 비장한 각오로 솟아올랐다.

그렇게 솟아오른 곤줄박이는 땅콩 한 알을 입에 물고 잽싸게 도망갔다. 독사 아가리 같은 나의 손에 뒷덜미라도 잡힐

까 봐 폭죽처럼 사라진다. 이렇게 자신의 죽음을 무릅쓴 모험이 성공을 거두자 곤줄박이는 다시 돌아왔다. 잠시 후 한층 여유롭고 의기양양한 모습으로 또다시 내 손 위의 땅콩을 물고 사라졌다. 어느새 곤줄박이는 나와 교감하며 점점 부를 축적해가고 있었다.

헌데도 다른 새들은 곤줄박이가 버젓이 땅콩을 가져가는 것을 보면서도 부러운 눈으로 바라볼 뿐 차마 결행하지 못했다. 어쩌면 녀석들은 곤줄박이와 내가 한패라고 오해하는지도 모르겠다.

누가 겁 많은 사람을 새가슴에 빗대었던가. 헌데 그것도 잠시, 갑자기 다른 새들이 신기할 정도로 내 시야에서 멀어져갔다. 유심히 살펴보니 새들은 땅콩을 물고 가는 곤줄박이 뒤를 좇아가고 있었다. 내게서 땅콩을 가지고 갈 용기가 없었던 새들은 대신 곤줄박이가 가져간 땅콩을 노린 것이다. 그리고 곤줄박이가 땅콩을 어디에 감추는지 지켜보다가 숨기고 떠나면 바로 그 곳간을 습격하는 것이었다.

아뿔싸, 어떻게 이런 일이 있을 수 있을까. 나는 깜짝 놀라지 않을 수 없었다. 담력이 부족한 새들이 차선책으로 선택한 삶은 그야말로 구차하기 짝이 없었다. 어떻게 그토록 졸

렬한 생각을 할 수 있는지 상상조차 할 수 없었다.

그러자 이번에는 자신의 곳간이 습격당한다는 사실을 알아차린 곤줄박이가 땅콩을 물고 가서 감추는 척하다가 얼른 다른 곳으로 옮겨가는 것이 아닌가. 그러면 일부 새는 그 곳간을 습격하고 일부 새는 곤줄박이의 뒤를 쫓아갔다. 텅 빈 겨울 산은 그야말로 먹을 것을 찾아 헤매는 새들의 치열한 각축장이었다.

봄으로 가는 길목의 겨울 산처럼 차가운 세상을 살다 보면 때로는 곤줄박이처럼 목숨 걸고 솟구쳐 올라야 할 때가 있으리라. 그렇지 않으면 다른 새들처럼 초라한 삶을 살 수밖에 없다는 사실을 깨우친 귀중한 시간이었다.

나를 감추기 위한 허세

조계산 사계를 굽어보면 우뚝 솟아 있는 갈참나무 한 그루가 있었다. 나무의 자태는 늠름하고 기상은 드높았더라. 산새들은 지친 날개를 접었고, 나무는 새들에게 보금자리를 내어주었다. 산을 오르는 사람들은 나무 그늘 아래서 한숨을 돌렸고, 나뭇잎은 바람을 일구어 땀을 식혀주었다.

헌데 어느 을씨년스러운 여름날, 갑자기 불어닥친 바람에 그만 나무 허리가 부러지고 말았다. 순간 나는 너무 놀랍기도 하거니와 의아할 수밖에 없었다. 수령이 200년은 족히 되었음 직한 아름드리나무가 태풍도 아닌 돌풍에 허망하게 쓰러졌기 때문이다.

모진 풍상 속에서도 지금까지 꿋꿋하게 살아오던 나무가 아니었던가. 나는 마치 내 허리가 부러진 것처럼 속이 아려오기 시작했다. 아쉬운 생각이 들면서도 적이 실망스러운 마음에 가까이 다가가 쓰러진 나무를 살펴보았다.

헌데 나무는 안타깝게도 겉은 멀쩡한데 속이 텅 비어 있는 것이 아닌가. 아, 그랬었구나. 이렇게 속이 텅 비었기 때문에 허리가 두 동강이 날 수밖에 없었구나. 그동안 언덕 위에서 의기양양하던 모습은 모두 허세였더란 말인가. 나는 실속도 없이 외형만 키워오다가 허물어진 나무의 잔해를 들여다보며 혼란스러움을 느꼈다.

그리고 한편으로는 무언가 찔리는 구석이 있었으니, 그것은 마치 거드름만 피우며 부처의 흉내만 내는 나의 모습이 떠올랐기 때문이다. 급기야 부러진 나무의 처연한 모습 위로 타성에 젖어 있는 나의 모습이 투영되기 시작했다. 나는 부러진 나무에 빙의되고 있었다. 쓰러진 나무의 정령들이 너도 잘못하면 이 꼴을 면치 못할 것이라고 아우성을 치는 것 같았다.

그리고 보면 요즘 들어 부쩍 혼란스러운 것이 사실이다. 수행을 하는 것인지 수감자 생활을 하는 것인지 알 수가 없

다. 스님살이에도 슬럼프가 있는 것일까. 권태기가 있고 갱년기가 있는 것일까. 염불을 해도 가락이 없고, 참선을 해도 집중이 안 되고, 수행을 해도 겉돌 뿐이다.이제는 세상의 바람결에도 어느 정도 이골이 났다고 생각했는데 흔들리는 마음은 어디에서 오는 것일까.

그저 부처의 옷을 입고 그럴듯하게 앉아서 부처를 팔고 있다는 회의감마저 든다. 그러나 냉정하게 돌아보면 지금 내 눈앞에 펼쳐지고 있는 이 현상은 어쩌면 요즘 스님살이에 피로를 느끼고 있는 내게 각성을 촉구하는 영혼의 메시지인지도 모른다. 그래, 나는 어쩌면 승속의 경계인이 되어 뻘 밭을 서성이고 있는 한 마리의 게가 되어버렸는지도 모르겠다. 아니, 과장되게 가슴을 빼기고, 입에는 거품을 물고, 허공을 향해 두 주먹 불끈 쥐고 왜장질만 치고 있는 게인지도 모르겠다. 대해로 나가자니 많이 컸다고 손가락질받고, 뭍에 오르자니 기어오른다고 희롱만 당하고 있는지도 모르겠다.

그렇다면 나는 정녕 그런 수모를 당하면서도 미련을 버리지 못하고 담장 너머를 기웃거리고 있는 승가의 이단아란 말인가. 아서라. 이제라도 동굴 깊숙이 들어가 새롭게 출가한다는 심정으로 정진할 수 있다면 일체의 분별심이 사라지고 고요한 내 마음의 경계에 안주하게 되리라.

사소한 돌풍에 힘없이 쓰러져버린 아름드리나무의 잔해를 바라보며, 어쩌면 나는 그동안 허름한 나를 감추기 위해 허세만 부리면서 살아온 허름한 허세였는지도 모른다는 생각을 지울 수가 없었다.

나를 깨우치는 생명의 소리

어느 날, 뜰 앞의 매화나무에 보기 드문 새가 내려앉았다. 이른 새벽부터 웬 새일까. 의아스러운 마음에 유심히 살펴보니 큰 새 네 마리가 매화 순을 따 먹고 있지 않은가.

아니, 저런 고얀 녀석들 같으니라고. 아무리 겨울 산에 먹을 것이 없다고 뜰 앞의 매화나무까지 넘본단 말인가. 아직은 좁쌀 같아 요깃거리도 안 되는 여린 꽃 순을 날카롭게 달궈진 부리로 콕콕 쪼아 먹고 있는 것이 아닌가. 새들은 주의 깊게 살펴보지 않으면 그냥 지나칠 정도로, 완벽한 보호색으로 위장하고 있었다.

대체 언제부터 날아왔을까. 안타까운 마음으로 바라보고

있자니 마치 가슴을 헤집는 듯 아려오지 않는가. 아직 봄빛은 차갑고 옷깃에 스치는 바람은 매우며 상설의 눈매 또한 날카롭기만 한데, 마치 수태한 새처럼 허겁지겁 매화 순을 따 먹고 있는 녀석들. 나는 무언가를 암시하는 눈으로 녀석들을 쏘아보면서 말했다.

"내 정녕 이 녀석들을 요절내주리라. 내가 수수방관한다면 녀석들에게 나의 향기로운 봄을 빼앗기고 말리라."

벌써 그윽하게 향기를 내뿜으며 소담스럽게 핀 매화가 나의 눈에는 선하다. 군자의 얼이 빚은 단엽백매, 일생이 추워도 향기를 팔지 않는 지조와 절개를 지니고, 목마른 병사에게 신 매실 이야기를 들려주는 것으로 갈증을 해소시켰다는 생명의 나무, 매화. 내가 지니고 싶은 향기요, 배우고 싶은 지혜요, 닮고 싶은 나무이기에 삼가로움이 사무쳤다.

나는 두서없이 휘이휘이 두 팔을 내저어 위력을 과시해본다. 손뼉을 치기도 하고 큰소리를 쳐 겁주기도 했다. 그러나 그런 나의 몸짓이 오히려 녀석들의 사기만 북돋운 것일까. 새들은 나를 힐끔 쳐다보더니 전혀 개의치 않은 채 식도락 삼매에 여념이 없다. 무시당한 나는 체통도 잊은 채 단걸음에 나무 밑으로 달려갔다.

그리고 호통쳐 꾸짖으니 그때서야 놀라기는커녕 귀찮다는 듯 흘겨보며 활강을 하듯 유유히 사라지는 포식자의 여유가 얄밉기까지 했다. 아, 이 잔인한 봄을 어이하리. 마치 씨알이 굵고, 솜털이 보송보송하며 껍질이 매끄러워 귀티가 나는 무공해 청정 매실이 상처투성이로 나뒹굴고 있는 듯 하지 않은가.

나는 본때를 보여주리라 생각하며 지그시 입술을 깨물었다. 아무래도 녀석들이 나의 자비심을 오해한 듯했다. 인간들이 자신의 봄을 빼앗기면서까지 인정을 베풀 정도로 자비심이 깊지 않다는 것을 녀석들은 정녕 모르리라. 난감함에 봉착한 나의 머릿속은 분주하게 움직였다.

그러나 깊은 산속에서 뾰족한 대책이 떠오를 리 없었다. 생각다 못한 나는 궁여지책으로 새가 날아들지 못하도록 나무 위에 그물을 쳐놓았다. 그리고 안도의 한숨을 내쉬었다. 헌데 아뿔싸! 녀석들은 정말로 교묘했다.

어떻게 알았는지 녀석들은 그물을 피해서 낮은 포복으로 나무에 접근하는 것이 아닌가. 그물을 쳐놓고 회심의 미소를 짓던 나는 망연자실해졌다. 그리고 약이 오른 나머지 갑자기 새를 향해 돌을 던졌다. 나의 돌팔매질은 그저 새에게 겁을 주기 위한 것이 아니었다. 새를 과녁으로 삼고 있었다. 처음에는 새가 맞아도 괜찮을 정도의 작은 돌멩이였는데, 던지다 보니 어느새 치명적인 상처를 입힐 수 있는 돌멩이를 던지고 있었다. 나는 어느새 매실에 대한 애착으로 분별심마저 잃어 갔다.

그동안 새롭게 태어나리라 다짐하며 정진한 수행 공덕은 어디로 갔는가. 자신을 낮추고 어둠 속에서 생명의 소리에 귀 기울여온 한량없는 마음은 한낱 미망의 몸짓이었던가. 한 생각이 어리석으면 지혜가 끊긴다고 했거늘…….

비우지 못해 돌팔매에 얻어맞고 그물에 걸려 발버둥치는 것은 새가 아닌 바로 나였으니……. 부처께서 비둘기의 생명을 구해주실 때 천평칭에 그 무게를 달아보니 부처와 비둘기의 무게가 같지 않았던가. 그것은 몸무게가 아닌 생명의 무게였으며, 생명을 구하고자 하는 부처의 깃털처럼 가벼운 욕심의 무게였으니…….

깨어나자. 그리고 넓은 가슴으로 비둘기에게 인간의 생명을 부여한 부처의 큰 음성을 듣자. 깊은 산속에서 추위와 싸우며 주린 배를 달래야 했던 모든 유정 무정의 소리를 들으리라. 새는 보지 못하고 매실만 보았던 나의 작은 가슴이 유난히 부끄러운 아침이었다.

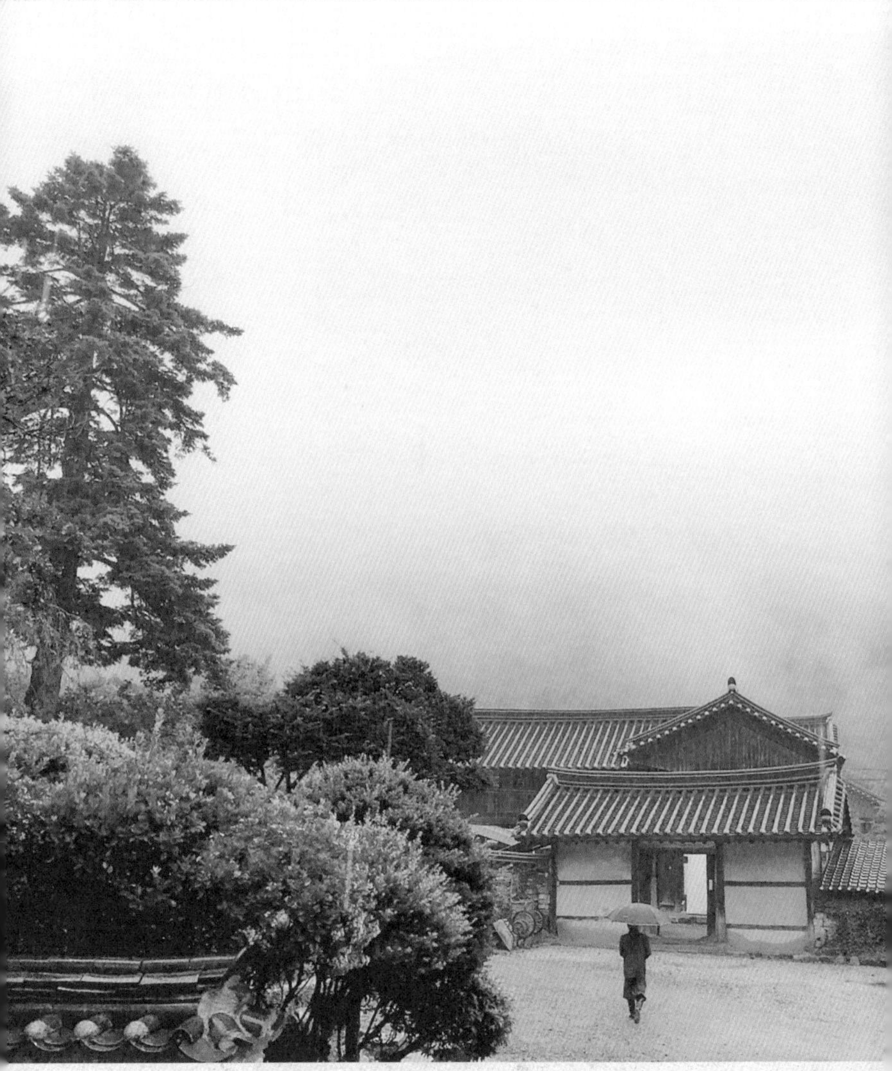

차가 주는 삶의 지혜

"스님, 이 차는 무슨 차예요?"

"그냥 차차차란다."

"차차차요?"

"왜 대중가요 있잖니, 설운도 씨가 부른 노래."

근심을 털어놓고 다 함께 차차차
슬픔을 묻어놓고 다 함께 차차차
차차차 차차차 잊자 잊자 오늘만은 미련을 버리자
울지 말고 그래 그렇게 다 함께 차차차~

"어떠냐, 이쯤 되면 차에도 가락이 있지 않으냐. 게송으로 중생을 제도하시는 부처를 조금 흉내 내는 것 같지 않느냐. 그윽한 차 한잔에 모든 시름을 잊을 수 있다면 그보다 좋은 차가 어디 있겠냐만, '찻잔 속의 해탈'로 유명한 선암사 차는 그런 신비한 기운이 느껴지는 차란다.

헌데 애석하게도 네가 아직 소문을 듣지 못한 모양이로구나. 하긴 이쪽 방면으로 귀가 열리지 않으면 잘 모를 수도 있겠지. 선암사 차는 이미 세상에 소문이 자자할 정도로 유명하단다. 차를 한잔 마시면 색에 취하고 향에 취하고 맛에 취해, 마치 날개를 달고 하늘로 날아오르는 기분이지. 구름 위를 둥둥 떠다니는 느낌이랄까.

아무튼 이토록 허세를 부려도 괜찮은 차라고나 할까. 그래서 이름값을 하느라 80그램짜리 한 통에 15만 원이나 하지. 헌데 선암사 차 만들기 체험을 해본 사람들은 이구동성으로 말한단다. 가격이 너무 저렴하다고, 너무 싸게 판다고…….
그러면 나는 장삿속 같아서 많이 못 받는다고 한단다. 그런 속이나 알아줘서 고맙다고 웃어넘긴단다. 하긴 솜털같이 여린 찻잎 따랴, 아홉 번을 덖으랴, 덕석에 비비랴, 꼬박 밤을 새워야 하는 장인의 엄숙한 손길까지."

"네, 스님! 설명을 듣고 보니 갑자기 차 맛이 다르네요. 그렇잖아도 일반 차와 다르다고 생각했는데, 한 모금 마시니까 그윽한 향기가 몸 전체로 퍼지는 것 같아요. 뭔가 조금은 깨끗해지는 것 같기도, 품위가 상승하는 것 같기도 해요. 수행자가 된 기분이 이런 것일까요?"

"너도 그런 기운이 느껴지느냐? 그래서인지 선암사 차는 부끄러움을 알게 하는 차라고 해서 '공부 차'라고도 한단다."

"그런데 스님, 왜 차 이름이 야생작설차예요?"

"선암사에서 나서 선암사에서 자란 차를 야생작설차라고 하는데 야생이란 야성을 지닐 정도로 의지가 강한 나무를 가리키는 말이란다. 재배하는 것이 아니고 스스로 자연의 품속에서 뿌리를 내리며 살아간다는 의미지. 해와 달과 별과 이슬 그리고 천둥, 번개, 비바람과 뇌성벽력, 찬 서리와 매서운 눈보라가 차나무를 키우는 자양이란다.

우리가 해주는 일은 단지 가을에 한 번 잡목이나 칡넝쿨 등을 제거하는 작업이 전부란다. 그것도 차나무의 요청에 의한 것도 아니고 우리의 필요로 하는 것일 뿐, 차나무는 분별심이 없어 잡목이나 칡넝쿨 등에 자리를 내줄지언정 결코 자신의 영역을 침범했다는 이유로 내치지 않는단다. 이 얼마나

속이 깊고 자비심이 충만한 나무더냐.

작설은 봄에 올라오는 새싹의 여린 순이 참새의 혀를 닮았다는 데서 유래됐단다. 세상에 태어나서 참새의 혀를 본 적은 없지만 아무래도 작설이라는 이름 속에는 약간 자줏빛이 도는 차의 여린 잎과 야생차라는 것, 그리고 아홉 번을 덖어서 만든 수제 차라는 세 가지 의미가 담겨 있지 않겠니?

어떠니, 참으로 해학적이면서도 멋진 표현이라고 생각하지 않니? 물론 이 야생작설차라는 이름이 선암사 차에만 국한된 것은 아니란다. 우리나라에는 나름대로 좋은 차를 만드는 곳이 많이 있지 않겠느냐.

허나 본디 차는 절에서 나는 것을 으뜸이라고 할 수 있지. 부처의 무량법문無量法門은 통하지 않은 곳이 없고, 스님들의 참선에는 걸림이 없기 때문이란다. 차밭에는 선禪의 향기가 모락모락 피어오르고, 찻잎에는 고즈넉한 스님들의 염불 소리가 깃들어 있다고나 할까.

그래서 절이 있는 곳에 차가 있고, 차가 있는 곳에 절이 있으며 절이 곧 차요, 차가 곧 절이 아니더냐. 특히 선암사는 약사여래불을 모신 각황전覺皇殿과 무우전無憂殿에서 차를 만든단다. 약사여래불은 모든 재액의 소멸과 중생들의 질병을 치유하시는 부처님이고, 무우전은 근심 걱정이 없는 깨끗한 전각이라는 뜻이지. 이토록 선암사 차는 탐진치貪瞋癡에서 벗어난 눈 푸른 수행자들의 손끝에서 무르익어간단다. 이치가 이러하다 보니 차의 성품이 맑고 깨끗하고 고요하지 않겠니.

어떠냐, 너도 선암사 차 한잔 마시며 인의예지를 배워보지 않겠느냐? 좀 더 높게, 좀 더 깊게, 좀 더 푸르게 살아가는 삶의 지혜를 배워보지 않겠느냐? 무엇보다도 차나무는 자신을 경책하기 위해 일생을 회초리로 살아가는 지조와 절개를 지녔기에, 선암사 차는 형식으로 마시는 것이 아니라 정신으로 마시는 것이요 그윽하게 마시는 것이 아니라 따끔하게 마시는 거란다.

차는 언제 나고 마음은 언제 난고. 차 난 후 마음인지 마음 난 후 차인지 아마도 차 곧 없으면 마음 풀기 어려워라."

인생의 주인공은 바로 나

흔히 인생길을 조도鳥道라고 한다. '새들이 가는 길'이라는 뜻이다. 바람도 울고 넘고, 구름도 쉬어가고, 새들도 겨워 넘는 저 험준한 고봉준령, 그 길을 터벅터벅 넘어가는 것이 인생길이라고 한다. 그만큼 인생길이 힘들다는 의미가 아니겠는가.

헌데도 인생길을 너무 쉽게 생각하는 사람들이 있다. 조금만 힘들면 쉽게 포기하는 경향이 있다. 미래는 결정된 것이 하나도 없는데, 다만 앞으로 어떻게 사느냐에 따라서 운명이 결정될 뿐인데…….

장애물은 회피의 대상이 아니고 극복의 대상이 아니던가.

내가 장애물을 극복하면 자부심도 생기고 스스로가 대견스러워진다. 그리고 다음 장애물을 뛰어넘을 수 있는 동기를 부여하게 된다. 그러나 장애물을 한 번 회피하기 시작하면 다음 것 역시 회피하지 않겠는가.

인생길은 누가 뭐래도 정면으로 돌파해야 한다. 비록 태산이 눈앞을 가로막고 있을지라도 주저하지 말고 그 산을 넘어가야 한다. 그래야만 진정한 인생의 봄을 만날 수 있기 때문이다. 그러나 그 산을 넘지 않고 우회한다거나 회피하면 결코 봄을 만날 수 없다.

그러므로 이왕지사 가야 할 인생길이라면 적극적으로 가야 한다. 필사적으로 가야 한다. 소극적으로 가면 스트레스만 쌓이고 성취되는 일이 없다. 내가 저 산을 넘어가야겠다고 마음먹는 순간 그 정보가 바로 자신에게 전달된다. 눈동자는 총기로 빛나고, 가슴은 부풀어 오르고, 다리에는 핏발이 서 그 산을 넘어갈 수 있다. 신들메를 동여매고, 허리띠 졸라매고, 옷소매 걷어붙이고, 한 땀 한 땀 날갯짓을 하면서 험한 산을 넘을 수 있다.

그러나 내가 저 산을 오를 수 있을까 주저하고 망설이면 그 순간 정보가 바로 자신에게 전달되어 눈동자가 풀리고 다

리에 힘이 빠져 그 자리에 주저앉게 된다. 도전해보지도 않고 자의적으로 생각하고, 자의적으로 판단하고, 자의적으로 결론을 내려버리는 사람들이다.

세상이 아무리 편해졌다고 한들 근성마저 나약해지면 이처럼 패배주의자로 전락하지 않겠는가. 나는 내 인생의 주인공이니 조연처럼 행동한다면 남은 인생의 관문을 결코 통과할 수 없으리라.

겨울 산행의 가르침

강시가 나도록 추운 겨울날은 오히려 근성이 살아나는 것인지, 동도 트지 않은 이른 새벽에 소라가 친구와 함께 나를 찾아왔다. 그리고 조심스럽게 말을 꺼냈다.

"스님, 등산하려고요. 장군봉까지 올라갔다 와도 괜찮겠죠?"

그러잖아도 요즘 젊은이들이 체격은 커졌는데 체력이 약해졌다고 우려하지 않던가. 평소 같으면 대견스럽다고 반겼을 테지만 오늘만큼은 완곡하게 만류했다.

왜냐하면 조계산에 눈이 내리고 있었기 때문이다. 그것도 근래에 보기 드물 정도로 많은 양의 눈이 내리고 있었다. 뿐만 아니라 바람까지 세차게 불고 있지 않은가. 바다 같으면 모든 배가 부두에 닻을 내리고 폭풍이 멈추기를 기다려야 하는 상황이다. 그러나 그들은 나의 걱정에도 불구하고 템플스테이 참가자가 모두 함께 가기로 약속했다며 나에게 앞장서 달라고 했다.

이렇게 난감할 수가 있는가. 나는 템플스테이 참가자가 모두 함께 가기로 했다는 말이 더 우려스러웠다. 참가자 중에는 나이가 많은 분도 계셨기 때문이다. 헌데도 그들은 우려를 잠재우기 위해 다양한 방법으로 나를 회유했다. 나는 날씨 때문에 곤란하다며 달래고, 그들은 그래도 가야 한다며 조르고……. 결국 나는 설득에 못 이겨 14명과 함께 비장한 각오로 길을 나섰다. 추운 날씨에도 불구하고 꼭 산행을 해보고 싶다는 그들의 생각이 가상해서 더 이상 거절할 수 없었다.

조계산의 상황은 내가 우려했던 것보다 훨씬 좋지 않았다. 눈보라가 워낙 세차게 휘몰아치는 데다가 어디가 산이고, 어디가 길이고, 어디가 벼랑이고, 어디가 허방인지 분간할 수 없었다. 무릎까지 빠지는 눈길을 헤쳐나가는 것도 보통 문제가 아니었다. 한마디로 눈이 와도 너무 많이 왔다. 언제 이토록 눈이 많이 온 적이 있었던가. 나는 걱정되어 앞서거니 뒤서거니 분주하게 움직였다.

우리에게는 달리 선택의 여지가 없었고 오직 고난의 강행군만이 주어진 운명이었다. 무거운 발걸음에 눈은 눈대로 뿌드득뿌드득 이를 갈고, 우리는 우리대로 뿌드득뿌드득 이를 갈면서 한 걸음 한 걸음 앞으로 나갔다. 14명의 전사들은 서로 밀어주고 당겨주고 격려하고 의지하면서 전진했다.

마침내 해발 884미터의 조계산 정상 장군봉에 오르니 눈발이 사선으로 휘몰아치고 있었다. 포근한 함박눈도 매서운 바람을 만나면 이토록 사나워질 수 있는 것인가. 하긴 깨끗한 물도 독을 만나면 독극물이 되고, 온순한 사람도 거친 사람을 만나면 덩달아 거칠어지는 법이다. 그래서 부처께서는 '연기처럼 자욱한 인생길이 모두 인연의 소치'라고 하셨을까.

먼저 도착한 대원들은 대열이 다 도착할 때까지 모진 설한풍에 항거하고 있었다. 정상은 눈보라를 피할 곳도 없고 피할 수도 없었다. 자비심도, 연민도 없는 정상에서 온기를 향한 그들의 몸부림은 필사적이었다. 산은 위험한 산행을 감행한 우리에게 혼 좀 나보라는 듯 거센 눈보라로 사납게 꾸짖었다. 아이들은 뼛속까지 파고든 한기를 밀어내기 위해 뛰고 또 뛰면서 마구 고함을 질렀다.

살을 에는 듯한 바람 소리와 함께 아이들이 토해낸 사자후는 멀리멀리 퍼져나갔다. 늦게 도착한 사람들도 저마다 만세를 부르며 환호했다. 무언가를 해냈다는 자부심인지 서로 부둥켜안고 흥분을 감추지 못했다. 평소 같으면 가벼운 마음으로 조계산 정상에 올랐겠지만, 오늘은 분위기가 사뭇 달랐다. 그만큼 산행이 힘들고 고달팠다. 나는 장군봉 정상에 우뚝 서서 산야를 굽어보았다. 세찬 눈발 때문에 앞은 보이지 않았지만 세상이 내 발아래 있는 것처럼 자신만만해졌다.

어려운 고비를 극복한 사람들에게는 이토록 기쁨과 환희가 넘치는 것일까. 오지를 탐험하고 히말라야산맥을 오르는 사람들의 심정을 조금은 이해할 것 같다. 목숨을 걸고 도전하여 성취한 벅찬 감동은 죽음보다 값진 가치가 있음을 어렴풋이 느낄 수 있었다. 끝없이 도전하는 고난의 행군이야말로 어쩌면 이승에서 자신에게 바치는 최고의 선물일지 모른다.

정상에 오른 감격을 뒤로한 채 우리는 다시 내려가야만 했다. 능선을 타고 내려가는 길은 더 고달팠다. 미끄러지고 뒹굴어도 대원들은 서로 손을 잡아 끌어주면서 전우애로 똘똘 뭉쳤다.

우리는 이날 5시간 이상을 산속에서 헤매야만 했다. 다행히 아무런 사고 없이 무사히 귀환한 것이 가장 감사했다. 신발, 양말, 옷은 흠뻑 젖었고 발이 퉁퉁 부르터도 다들 해냈다는 자부심에 가득 차 있었다. 참가자들이 조계산에게 큰 선물이라도 받은 양 행복해하는 모습을 보면서 추위란 움츠리는 것이 아니요, 극복해내는 것이라는 겨울 산행의 가르침을 떠올렸다. 그야말로 그날의 장군봉 정상은 조계산의 안나푸르나였으며, 지금도 문득 그때가 아찔한 추억으로 떠오른다.

내 마음의 잡초

비로암의 텃밭에 봄이 찾아왔다. 꽁꽁 얼어붙은 산야를 바라보며 봄은 멀리 있다 생각했는데 어느새 성큼 다가왔다. 겨우내 억척스럽게 뒹굴던 텃밭의 잔설도 녹아내렸다. 그런데 잔설 사이로 자라던 고수가 입술이 새파랗게 질리도록 동해를 입고 말았다. 섭섭한 마음에 풀섶을 헤치고 자세히 살펴보니 뿌리 깊숙한 데서 푸릇한 희망의 새싹이 돋아나고 있었다. 참으로 반가웠다. 생명이란 이토록 경이로운 것일까.

고수는 뼛속까지 파고드는 한기에 항거하면서 어느새 봄을 준비하고 있었다. 나는 반가운 마음에 고개를 숙여 봄이 오는 소리를 듣기도 하고 흙을 한 움큼 집어 들고 봄 내음을

맡아보기도 했다. 생명을 잉태한 흙에는 따뜻한 온기가 스며 있었다. 고즈넉한 흙의 향기가 콧속으로 스며드니 내 마음의 텃밭에도 푸릇한 새싹이 돋아나는 듯했다.

고수는 한해살이풀로 빈대 냄새가 난다고 해서 '빈대풀'이라고도 한다. 빈대라는 이름에서 느낄 수 있듯이 냄새가 독특하여 처음 먹어본 사람들은 비위에 거슬리기도 하지만 한 번 입맛을 들여놓으면 여간 구미가 당기는 게 아니다. 우리 지역에서는 '고소'라고도 하는데 주로 스님들이 즐겨 먹는 채소다. 물론 비타민과 철분 등 영양소도 풍부하며, 무엇보다 내가 좋아하는 채소다. 사정이 이러하다 보니 먹을 것이 궁한 암자에서 어찌 반갑지 않으랴.

흙냄새와 봄 냄새가 어우러진 텃밭 사이로 고수와 더불어 잡초가 고개를 내밀고 있었다. 잔뜩 움츠린 고수에 비해 잡초는 제법 푸르고 의기양양했다. 그러나 이 텃밭은 어디까지나 고수 밭이지 잡초 밭은 아니지 않은가. 잡초는 그 질긴 생명력으로 세상의 모든 산야를 잡초 밭으로 만들어버린다. 그러고도 부족하다는 듯 한 뼘도 되지 않은 이 텃밭까지 내려와 점령군처럼 위세를 떨쳤다.

나는 어느새 텃밭에서 자라는 잡초의 봄을 회수하고 있었다. 그러나 나는 잡초를 뽑으면서도 결코 잡초를 미워하지 않았다. 풀 한 포기 자라지 않는 사막을 보면 오히려 잡초에게 고마운 마음이 생긴다. 만약 잡초가 없으면 자연 생태계는 파괴될지 모른다. 그러나 텃밭의 잡초는 엄연히 그 가치와 성격이 다르다. 고수를 알뜰하게 가꾸기 위해서는 텃밭의 잡초를 제거해주어야 한다. 자칫 게으름을 피우다가는 고수밭이 아닌 잡초 밭이 되고 말 것이다. 헌데 잡초를 뽑으니 옆에 있던 고수까지 덩달아 뽑혀 올라왔다. 마치 헤어지기 아쉽다는 듯 부둥켜안고 떨어지지 않는다.

그랬었다. 그들은 그렇게 뿌리부터 엉겨서 온기를 나누며 추운 겨울을 이겨낸 반연攀緣이었다. 그들에게 텃밭은 오직 함께 살아가는 생명의 터전일 뿐 고수 밭도 아니요, 잡초 밭도 아니었다. 이른 봄, 나는 문득 고수 밭의 잡초를 제거하면서 내가 진정으로 뽑아야 할 것은 텃밭의 잡초가 아니라 고수니 잡초니 분별하는 내 마음의 잡초라는 사실을 다시 한번 깨달았다.

뱀에게 배운 깨달음

얼마나 잤을까. 스~읏, 스~읏 잠결에 들려오는 낯선 소리. 비몽사몽 간이지만 분명히 무슨 소리가 들린 것 같았다. 선잠에서 깬 나는 어둠 속에서 예리한 촉수로 소리의 정체를 추적했다. 램프를 켜니 새벽 1시다. 그러나 사위는 쥐 죽은 듯 고요하기만 하다. 소리는 마치 나의 동태를 눈치챈 듯 침묵하고 있었다.

분명히 무언가 기분 나쁜 움직임이 있었던 것 같은데……. 나는 고개를 갸웃거리며 다시 자리에 누웠다. 헌데 한참이 지나자 또다시 스읏, 스읏 소리가 들렸다. 순간 나는 오싹해졌다. 칠흑 같은 어둠 속에서 들려오는 소리에 소름이 돋았기 때문이다. 바닥을 기는 듯한 소리는 분명히 천장에서 들려오고 있었다. 나는 뱀이 움직이는 소리라는 것을 직감적으로 알아차렸다. 소리의 무게로 보아 아주 큰 구렁이 같았다.

내가 사는 암자는 조촐하여 지붕은 조립식이요, 천장은 합판으로 비스듬히 설치되어 있어 천장 속의 미세한 움직임도 쉽게 감지할 수 있었다. 언젠가 들쥐나 다람쥐 등의 설치류들이 날뛰는 바람에 잠을 설친 적도 있었다. 헌데 천장 위에 저토록 커다란 뱀이 살고 있을 줄이야. 대체 언제부터 살고 있었을까?

바짝 긴장한 나는 지팡이를 들고 천장을 몇 번 후려쳤다. 둔탁한 소리와 함께 천장이 들썩거렸다. 뱀은 그 충격에서 벗어나기 위해 이리저리 피해 다녔다. 몸집이 커서 그야말로 구렁이 담 넘듯 피해 다녔다. 나는 그렇게 어물쩍거리는 동작이 못마땅해서 더 힘껏 후려쳤다. 이 정도면 다른 곳으로 피신하리라고 생각했는데 뱀은 전혀 그럴 기미를 보이지 않았다. 마치 한번 해볼 테면 해보라는 식이었다.

그러나 내가 뱀을 공격하는 것은 오래가지 못했다. 허술한 합판 천장을 마냥 두드릴 수만은 없었다. 또한 천장 속 먼지가 떨어질 수도 있었다. 참으로 낭패가 아닌가. 대체 이를 어찌한다. 그러잖아도 진즉 뭔가 낌새가 이상하다고 느꼈었는데 진짜로 뱀이 살고 있을 줄이야……. 내가 이토록 몰랐던 것을 보면 어쩌면 뱀은 내가 방을 나가고 들어오는 것을 예리하게 간파하고 있었는지도 모른다. 그러면서 내가 방에 없을 때만 움직인 것이 틀림없었다.

어찌 되었든 나는 도저히 잠을 이룰 수 없었다. 잠이 들면 뱀이 살며시 내려와서 내 목을 휘감을 것 같은 불안감 때문이었다. 천장 두드리기를 포기한 나는 잠을 잊은 채 손전등으로 방 안 구석구석을 살폈다. 그리고 조금이라도 벽지가 허술하거나 의심스러운 곳이 있으면 포장용 테이프로 두 번, 세 번 덧붙였다. 혹시 뱀이 내려올지 모른다는 두려움 때문이었다. 그러고도 안심이 되지 않아 어떻게 해서든 천장에서 뱀을 몰아낼 궁리만 했다.

그러나 궁리를 하면 할수록 수렁 속으로 깊숙이 빠져들었다. 이 깊은 골짜기에서 한밤중에 뾰족한 방법이 있을 리 없었다. 방법이 없는데 방법을 찾으려니 머리만 더 복잡해지면서 현기증까지 일어났다. 그렇게 뱀과 한참 실랑이를 벌이던 나는 차츰 지쳐갔다. 야속한 녀석 같으니. 저 넓은 산야가 온통 제집이거늘, 하필이면 이곳에 들어와 살면서 내게 이런 고통을 주다니……. 물론 이곳이 조계산 550미터 높이의 깊숙한 오지로, 사람보다는 동물이 살기에 더 적합한 장소라는 것은 알고 있다. 그렇다고 꼭 천장에 올라가서 텃세를 부려야 한단 말인가. 나도 모르게 뱀을 향해 원망 섞인 푸념을 하고 있었다. 아니, 사실 마음속으로는 제발 이곳에서 나가달라고 사정하고 있었다.

그러면서 한편으로는 뱀을 내쫓으려 했던 내 행동이 무모하지 않았나 하는 생각이 들었다. '뱀을 비롯한 모든 생명은 무릇 인간처럼 나름의 근성을 지니고 있지 않은가. 헌데 내가 이곳에서 쫓아내려 한다고 내 말을 듣겠는가. 제집을 놔두고 어디로 가라는 말인가. 이사 한번 하기가 그리 쉬운가. 더군다나 지팡이로 후려쳤으니 화가 나서 되레 나가려다가도 돌아올 형국이 아닌가.'

이런 생각이 들자 갑자기 구렁이에게 연민이 느껴졌다. 사실 구렁이는 그곳에 살고 있었을 뿐 나에게 직접 위협을 가하지는 않았다. 헌데도 나는 단지 징그럽고 혐오스럽다는 이유로 구박했던 것이다. 그러고 보면 사람이야말로 참으로 야박한 존재가 아닌가. 달면 삼키고 쓰면 뱉고 괜스레 차별하고 배척하는 우리가 아니던가.

부처께서는 무릇 모양 있는 것은 허망한 것이니 모든 모양이, 모양이 아님을 보면 곧 깨달음을 얻으리라고 말씀하셨다. 헌데도 나는 수행자로서의 본분을 망각하고 단지 뱀이라는 이유만으로 배척했으니, 그 과보로 이런 고통을 받는 것이 아닐까.

생각이 여기에 미치자 지금까지 내 목을 휘감고 있던 것은 뱀이 아니라 바로 내 자신이었다는 사실을 깨달았다. 뱀에서 벗어나려는 강박이 구렁이처럼 나를 칭칭 감고 있었던 것이다.

조계산 팔부 능선, 전기도 들어오지 않는 깊은 계곡의 허름한 암자에서 '상을 보되 상이 아님을 보라'는 부처의 가르침을 다시 한번 되새기며 분별심에 흔들리는 나의 작은 가슴이 한없이 부끄러웠다.

마음에 담은 죽비 정신

절에서 사용하는 도구 중에 '죽비'라는 물건이 있다. 이외에도 북과 종, 운판과 목어 등 사물을 비롯하여 태징이나 목탁, 요령과 같이 의식을 집전하는 데 사용하는 물건도 있다. 그런데 죽비는 스님들의 마음과 정신을 다스리는 데 필요한 경책의 도구다.

죽비는 비움과 지조의 상징인 대나무로 만드는데, 죽비를 만들기 위해서는 우선 적당한 크기로 대나무를 자른다. 스님들이 죽비를 직접 만드는 경우, 대부분은 대나무 뿌리까지 함께 캔다. 뿌리를 손잡이로 활용하기 위해서다. 그런 다음 용도에 따라 손질한 다음 말리거나 불에 가볍게 굽는다. 손

잡이 부분은 제외하고 가운데를 쪼개서 틈을 만든 뒤 손바닥에 대고 치면 쪼개진 부분이 서로 부딪쳐 소리가 난다.

죽비는 한문으로 대나무 죽竹에 참빗 비篦를 써서 '대나무로 만든 참빗'이라는 뜻이다. 참빗은 옛 어머니들이 쪽머리를 빗을 때 사용하던 도구다. 지금이야 플라스틱으로 만들어 가볍게 흐트러진 머리카락을 손질하지만, 참빗은 간격이 아주 촘촘하여 머리를 빗는 기능과 함께 때와 같은 불순물을 말끔히 씻어주는 역할도 했다.

그래서일까, 어머니들이 참빗으로 머리를 빗을 때는 결코 서두르는 법이 없다. 차분하게 치성致誠을 드리듯 정성을 다해 빗는다. 긴 머리를 곱게 빗어 정수리를 축으로 가르마를 타고 뒷머리를 말아 올려 비녀를 꽂으면 어찌도 정갈해 보이던지……. 품격도 있지만 고절한 지조와 절개가 느껴져 감히 범접할 수 없는 기운이 묻어난다.

뿐만 아니라 대나무는 예부터 성질이 곧아서 결코 한눈을 팔지 않는다. 그리고 속이 텅 비어 사심도 없고, 감정도 없고, 이해관계에 얽매이지도 않는다. 또한 언제나 푸른 기상이 있어 형평에도 어긋나지 않는다. 이토록 바른 견해를 지닌 죽비는 절에서 눈 푸른 납자衲子들의 마음의 때를 씻어주는 경책의 도구로 사용된다. 마치 참빗으로 머리를 빗듯 내 마음의 이물질이나 때를 말끔히 빗어낸다고나 할까.

무엇보다 우리의 마음을 사로잡는 것은 석가모니 부처님께서 교단의 기반을 구축한 최초의 불교 사원이 대나무 숲에 자리 잡은 죽림정사라는 것이다. 이치가 이러하다 보니 죽비에는 수행자들을 바른길로 인도하는 부처의 정신이 고스란히 배어 있다.

요즘 속세에서는 검찰 개혁의 목소리가 사회를 뜨겁게 달구고 있다. 물론 운수납자에게 염불하고 참선하는 일 외에 무엇이 있으리오. 발우 씻고 향 사르는 일 말고 삼황오제의 정치를 어찌 알겠는가마는, 언제였던가 지청장에게 건네받은 명함의 상단에는 대나무 다섯 그루가 그려져 있었다.

대나무가 검찰을 상징하는 마크라는 사실을 그때 알게 되었다. 그만큼 곧고 바르고 형평에 어긋나지 않게 법을 집행해야 한다는 의미가 담겨 있으리라. 대나무 정신이 어디 검찰에만 해당되겠는가. 아무쪼록 우리 사회의 모든 구성원이 죽비 정신이 담긴 대나무 마크의 의미를 한 번쯤 새겨보는 계기가 되기를 기대해본다.

칭찬 씨앗 심기

매화는 찬 서리를 맞아야 고절한 기운이 있고, 자태는 서러워도 울지 않아야 영롱한 것을. 선암사의 매화는 온갖 풍상 속에서도 지조를 잃지 않고 지계持戒로서 봄을 일구어 꽃을 피우니, 비록 봄에 피어나도 봄을 의지하지 않으니 부끄럽지 않다네.

10여 년 세월 동안 절집을 다녀도 절 한 번 해본 적이 없는 내가 예불에 백팔배에 스님의 덕담에 귀 기울이니 정녕 변덕스러운 것인지, 변한 것인지 아니면 망령이 난 것인지…….

아무래도 공치사功致辭라도 많이 하라는 스님의 말씀이 귀에 쏙 들어오는 것을 보면, 내일은 어떨지 몰라도 오늘만큼은 조금 변했는가 보다. 사실 선암사에 와서 스님들의 염불 소리에 가슴이 뭉클해지고, 백팔배에 벅차오르고, 명상으로 평안에 이르니 이만한 호사가 어디 있으랴.

이보게, 내가 공치사라도 자주 하라는 이유는 사람들이 공치사인 줄 번연히 알면서도 좋아하기 때문이라네. 세상에 칭찬을 해주는데 싫어할 사람이 있겠는가. 칭찬을 받으면 기분이 좋아지고, 기분이 좋아지면 욕심이 적어지고 이해심이 많아져서 화를 잘 내지 않는다네. 그래서 칭찬을 하면 칭찬받는 사람이 칭찬받는 것이 아니고 칭찬하는 사람이 칭찬을 받는 것이라네.

헌데도 사람들은 칭찬받고 싶어 하면서 정작 본인은 다른 사람을 칭찬할 줄 모른다네. 상대의 눈총을 받아가면서도 개의치 않고 계속 자기 칭찬만 늘어놓고 있다네. 세상은 베푸는 만큼 돌아오는 것이기에, 내가 베풀지 않으면 상대도 베풀지 않는다네. 결국 우리 사회가 칭찬이 부족한 것은 내가 닫혀 있기 때문이 아니겠는가.

왜 그런 말이 있지 않은가. 칭찬받고 자란 아이는 칭찬받기 위해 더 잘하려고 한다는 말. 이 말은 꼭 아이들에게만 적용되지는 않는다네. 어쩌면 어른들에게 더 절실하게 필요한 말인지도 모른다네. 왜냐하면 어른들이 모범을 보여야 아이들이 보고 배우기 때문이라네. 하긴 그러고 보면 칭찬이 어디 인간에게만 국한된 주문이겠는가.

반려동물을 비롯해서 소나 말, 돼지 등 가축에 이르기까지 생명이 있는 중생이라면 칭찬을 해주는데 싫어할 리 있겠는가. 하다못해 먹는 물도 칭찬하면 수정처럼 맑아지고, 나무는 한층 건강해지고, 과일은 탐스러워지고 당도가 높아진다고 하지 않던가.

이치가 이러하다 보니 칭찬받은 조계산은 푸르고, 꽃은 활짝 피고, 도량은 향기롭고 세상은 웃음꽃이 만발할 수밖에 없지 않겠는가.

이보게, 오늘 누군가를 만나거든 공치사라도 칭찬 한번 해보시게. 그러면 그대는 상대 마음의 밭에 칭찬의 씨앗을 파종하는 공덕이 있다네. 그 공덕은 무럭무럭 자라서 벼나 보리처럼 칭찬의 씨앗이 주렁주렁 열리게 될 것일세. 그 은혜로 메마른 대지에는 단비가 내리고, 세상에는 푸릇한 새싹이 돋아난다는 사실을 잊지 마시게.

따뜻한 온기로 가득한 세상

불교에서는 '부모미생전父母未生前'이라는 화두가 있다. 부모에게 태어나기 이전의 나는 누구인가. 어떻게 보면 뻔한 사실을 왜 이렇게 아리송하게 말을 하는 것인지. 물론 생명 탄생 신화는 나라마다 종교마다 조금씩 다르다.

우리나라만 보더라도 단군신화에 호랑이와 곰 그리고 마늘과 쑥이 등장한다. 그리고 《삼국사기》에 나오는 동명성왕과 박혁거세는 알에서 태어난다. 물론 조물주에 의해서 창조되는 신화도 있다.

그러나 불교에서의 생명 탄생 신화는 화풍수지火風水地에 근거를 둔다. 말 그대로 불과 공기, 물과 흙이다. 이 네 가지의 인연으로 지구상에 생명이 존재하며 이를 불교에서는 사대四大라고 한다. 이 사대야말로 생명의 주인이요, 조물주요, 본래면목本來面目이다. 그러므로 신화라기보다는 초자연적인 과학이라고 해야 옳을 듯하다.

그렇다면 이 화풍수지는 대체 무엇인가. 먼저 인간은 불이 없으면 살 수 없다. 이 하나의 우주에는 수많은 별이 존재한다. 그중에서도 태양을 중심으로 궤도를 도는 행성들이 있다. 헌데 이 행성 중에서 오직 지구에만 생명이 존재한다. 간단히 말해서 수성과 금성은 태양과 너무 가까워 뜨겁기 때문에 생명이 살 수 없다. 또한 화성과 목성, 토싱 등은 태양에서 너무 멀어 춥기 때문에 생명이 살 수 없다. 오직 지구에만 생명이 존재한다.

지구는 시속 약 10만 7천 킬로미터의 속력으로 태양의 궤도를 돈다. 시속 약 1,609킬로미터의 속도로 회전하면서 달려가고 있다. 즉 지구는 엄청난 속도로 회전하면서 태양의 궤도를 돌고 있는 것이다. 지구가 태양의 궤도를 한 바퀴 도는 데 걸리는 시간이 바로 1년이며, 자체 축을 중심으로 자전하면서 낮이 되고 밤이 된다. 지구가 태양에 가까이 가면 세상은 점점 더워지고 밝아지고 낮이 길어진다. 반면 태양에서 점점 멀어지면 그만큼 세상은 추워지고 어두워지고 밤이 길어진다.

지구가 만약에 태양의 궤도를 이탈하거나 멈추면 지구에는 더 이상 생명이 존재할 수 없을 것이다. 그러므로 불이 없으면 결코 생명이 존재할 수 없다. 공기가 없어도 생명이 존재할 수 없으며 물도 마찬가지다. 이는 새삼스럽게 설명할 필요가 없는 생명의 근원이다. 흙이 없으면 어디에 산하대지가 있으며 우주 만물이 있겠는가. 어디에 농사를 짓고, 집을 짓고 근거를 두고 살아가야 할까. 불교에서는 이 네 가지, 즉 사대가 생명의 주성분이라고 한다.

이 네 가지 중에 하나만 없어도 지구상에 생명은 존재하지 않는다. 그래서 지구상에 존재하는 모든 생명은 똑같은 환경에서 왔다가 똑같은 환경으로 돌아가는 것이다. 이를 일컬어 '중생衆生'이라고 하는 것이다.

그래서 불교를 인연법이라고 한다. 우리가 죽는다는 것은 불의 성질이 불로 돌아가고, 공기의 성질이 공기로 돌아가고, 물의 성질이 물로 돌아가고, 흙의 성질이 흙으로 돌아가는 것을 말한다. 이렇게 돌아가고 나면 과연 남는 것은 무엇일까. 아무것도 없다. 그래서 부처의 가르침에 나라는 존재가 없는 것이다. 다만 무릇 생명이란 이 네 가지 인연을 따라 왔다가 인연을 따라 돌아갈 뿐, 나라는 실체가 없는데 무엇을 바라고 무엇을 그리워하는가.

그러므로 사람에게는 불의 성질이 있어 이웃에 따뜻한 온기가 되어주어야 하며, 공기의 성질이 있어 숨이 막히도록 힘들어하는 사람에게 청량한 공기의 역할을 해주어야 한다. 그리고 물의 성질이 있어 목마른 사람의 갈증을 해소해주어야 하며, 흙의 성질이 있어 사람의 마음에 푸릇한 새싹이 돋아날 수 있도록 대지의 역할을 해주어야 한다.

이토록 자신들이 지닌 본분사에 충실할 수만 있다면 세상은 진정으로 아름다워질 수 있으련만. 세상의 모든 생명이 36.5도의 체온처럼 서로 따뜻한 온기를 나누면서 살아갈 수 있으련만. 우주법계에 존재하는 모든 중생은 부처의 가르침대로, 나라는 존재는 없고 오직 사대로 이루어졌음을 알아야 하리라.

선암사 도량으로 들어오는 길

차라리 생각을 말자. 생에 무슨 특별한 호사가 있다고. 나는 언제나 그대로 나일 뿐이다. 다만 그곳에 가고 싶다. 조계산 선암사.

순천 KTX 플랫폼에 내렸다. 사람들로 붐비는 통로를 빠져나오는데 낯익은 사진이 눈에 띈다. 통로의 벽에는 여러 가지 사진이 전시되어 있었다. 그중에서 유독 눈길을 끄는 사진이 있었으니 다름 아닌 승선교다. 사실 승선교 사진은 공항이나 버스터미널 등 사람이 붐비는 곳에서 쉽게 볼 수 있을 만큼 흔하다. 이렇듯 다양한 공간에서 흔히 볼 수 있다는 것은 승선교가 그만큼 유명하다는 이야기다.

주변의 경치와도 잘 어울리는 승선교는 그만큼 많은 사람이 공감하는 멋진 풍광을 자랑한다. 그런 연유로 승선교를 보기 위해 많은 사람이 선암사를 찾아온다.

승선교의 둥근 아치형 무지개다리는 보통 무지개 홍虹 자를 써서 '홍교'라고 한다. 승선교는 선암사만의 고유한 이름으로, 선계로 건너는 다리라는 뜻이다. 선암사로 들어오기 위해서는 이쪽 언덕에서 저쪽 언덕으로 건너 돌아 나오도록 약 50미터의 간격을 두고 위아래 두 곳에 홍교를 만들어놓았다.

굳이 길을 뚫지 않고 다리를 건너도록 설계한 이유는 차안此岸에서 피안彼岸으로 건너는 불교의 핵심 사상을 설해놓은 아주 뜻깊은 의미가 담겨 있기 때문이다. 또한 다리 아래 흐르는 물에는 승선교의 그림자가 잠겨 승선교와 조화를 이루며 둥글게 원만한 상을 이루고 있어 더욱 의미가 있다. 승선교의 밑부분 중앙에는 용머리 조각이 돌출되어 있는데 용은 나쁜 기운을 물리치고 다리를 수호한다는 의미를 담고 있다.

용의 코에는 지금도 동전 세 닢이 매달려 있다. 이는 승선교를 건설하신 호암 스님께서 공사를 마무리한 뒤 남은 돈을 걸어놓으셨다고 하니 그 청렴결백함은 오늘을 살아가는 후손들이 자부심을 느끼기에 충분하다.

어찌 되었든 선암사로 올라가기 위해서는 두 개의 승선교와 또 하나의 다리를 건너야 하는데 그 다리 이름이 바로 선원교다. 승선교를 지나면 강선루라는 누각이 나오는데 선원교는 바로 그 강선루 아래 놓인 다리다.

이렇게 해서 선암사로 들어오기 위해서는 세 개의 다리를 건너야 한다. 이는 불교에서 말하는 삼계 즉 욕계, 색계, 무색계를 건너서 들어오라는 의미다. 여기에서 욕계는 욕심의 세계로 탐욕이 많아 물질에 속박되어 어리석게 살아가는 중생들의 세계를 일컫는다. 색계는 물질의 세계로 욕심에서 벗어났지만 아직 마음이 완전히 정화되지는 않은 비교적 깨끗한 세계다. 무색계는 정신의 세계로, 탐욕과 화내는 마음이 모두 사라져 물질적인 영향은 받지 않지만 아직 나라는 생각에서 완전히 벗어나지 못한 세계다.

선암사 도량으로 들어오는 사람들은 모두 욕망에서 벗어난 청정한 마음을 가질 수 있도록 배려했으니 이 얼마나 고결한 정신인가. 물론 지금의 승선교 옆 통행로는 1925년에 자동차가 생기면서 새롭게 뚫어 만든 길이다. 본디 선암사로 들어오기 위해서는 승선교를 건너도록 만들어졌다.

더더욱 선암사로 들어오는 길이 장엄한 것은 승선교 다리 아래를 흐르는 계류, 화엄이 흐르는 불이천不離川 때문이다. 조계산은 정상인 장군봉을 중심으로 좌측에는 냉골이 있고 우측에는 굴목이재가 있다. 냉골에서 발원한 물은 차가운 성질로 운수암을 지나 동쪽으로 흐르고 굴목이재에서 태어난 물은 따뜻한 성질로 부도전을 지나 서쪽으로 흐르는데, 바로 이 동과 서의 물줄기가 만나는 곳이 승선교다. 즉 따뜻한 성질의 물과 차가운 성질의 물이 승선교에서 만나 Y자형으로 하나 되어 흐르다 보니, 선암사 계곡을 그야말로 화엄이 흐르는 불이천이라고 하는 것이다.

여기서 말하는 화엄은 부처의 덕행을 꽃으로 장엄한 연화장의 세계를 의미하고, 불이천은 둘이 아닌 하나라는 뜻으로 너와 나의 경계가 사라진 선암사의 계곡이 부처의 세계라는 뜻이다. 이곳에 다리를 놓아 선계로 들어오도록 하였으니 이 다리를 건너는 순간 우리는 모두 하나인 것이다.

대통령 선거를 앞둔 요즘 세상에서는 다양한 목소리가 들려온다. 늘 있던 일이지만 늘 안타까운 마음이다. 민주주의라는 이름으로 다양한 목소리를 내며 서로 반목하는 사람들에게 너와 나의 경계가 사라진 선암사의 불이천과 승선교의 이야기를 전해주고 싶다.

양심의 목소리에 귀 기울이기

말도 많고 탈도 많은 4대강 사업. 공사가 마무리된 지 10년이 넘었는데 아직까지도 말이 많다. 모든 일에는 후유증이 있기 마련인데 뚜렷하게 해결의 실마리를 찾지 못하고 있는 것 같다. 그만큼 사람이 살아가는 세상은 늘 복잡하게 얽혀 있다. 간단한 문제도 사람이 개입되면 꼭 복잡하게 꼬이는 것이 세상의 이치 아니던가.

고민이 길어지면서 4대강에는 그전에 볼 수 없었던 연꽃이 피었다고 한다. 연꽃은 고인 물이나 더러운 물에서 자라는데, 4대강에서 연꽃의 군락지가 발견되었다는 것은 그만큼 4대강이 녹조로 죽어간다는 증거가 아니겠는가.

사람들에 의해 저질러진 일이기에 사람들이 해결해주기를 바랐는데 사람들이 하는 일이 늘 그 모양이더라. 급기야 강물에 곰이 피기 시작하자 더 이상 기다리지 못한 강물은 스스로를 구제할 양으로 연꽃을 잉태하고 분만해낸 것이리라.

본디 연꽃은 늪이나 연못, 진흙탕 같은 더러운 곳에서 자라면서도 정작 연꽃은 더러움에 물들지 않고 고결한 자태와 성품을 그대로 간직한다. 그런 연꽃은 보살이나 부처의 성품을 닮았다고 하여 극락세계를 상징하는 꽃이 되었다. 그런 연유로 수행하는 스님과 불자가 그만큼 닮고 싶은 꽃이기도 하다.

선암사만 하더라도 부처님이 앉아 계신 좌대가 연꽃으로 장식된 연화대다. 뿐만 아니라 대웅전을 비롯한 각 전각의 불단이나 천장, 벽화나 문살 그리고 외부의 부도浮屠나 탑, 심지어 기와에 이르기까지 연꽃으로 장식되지 않은 곳이 없다.

북송의 유학자 주무숙은 "내가 오직 연을 사랑함은 진흙 속에서 났지만 물들지 않고, 맑은 물결에 씻어도 요염하지 않으며, 속이 소통하고 밖이 곧으며 덩굴지지 않고 가지가 없기 때문이다. 향기가 멀수록 더욱 맑으며 우뚝 깨끗이 서 있는 품은 멀리서 볼 것이요, 다붓하여 구경하지 않을 것이니 그러므로 연은 꽃 가운데 군자라 한다"며 연꽃의 덕을 찬양했다.

애초에 4대강 사업은 우리나라에서 가장 큰 한강과 금강 그리고 영산강과 낙동강에 댐을 설치하여 물을 가두었다가 가뭄을 예방하고 수질을 개선해서 식수뿐 아니라 농업용수로 사용한다는 취지의 사업이었다고 한다. 이 사업을 위해 강에 16개의 보를 설치하여 댐처럼 물을 가두어놓았다. 헌데 문제는 가두어둔 물에 녹조가 생기기 시작한 것이다.

옛말에도 물은 가두면 썩으므로 흘러야 한다고 하지 않았던가. 녹조는 점점 심해져서 강 전체로 번졌고 심한 곳은 청산가리의 백 배가 넘는 맹독성 물질이 검출되고 몸에 치명적인 발암물질이 생겨났다고 한다.

강을 보면 전체가 완전히 초록색으로 뒤덮여 있다. 강물이 죽어간다면 그 강물을 먹고 살아가는 수많은 생명이 위협받게 될 것은 불 보듯 뻔한 일이 아닌가. 그런데도 정부는 녹조 현상이 오폐수 등으로 인한 현상이며 4대강 사업과는 무관하다는 반응을 보인다. 전문가들이 첨예하게 대립하고 있는 가운데 애꿎은 강물만 소리 없이 죽어가고 있다. 아마 이를 보다 못한 불보살님의 간절한 염원이 꽃으로 피어난 것은 아닐까.

한편 불교의 세계관을 보면 세계의 중심에는 수미산이 있고 사방으로 네 개의 대륙이 있다. 동쪽에는 반달 모양의 승신주가 있고, 서쪽에는 둥근 모양의 우화주가 있다. 또한 남쪽에는 부채꼴 모양의 섬부주가 있고, 북쪽에는 네모꼴의 구로주가 있다.

헌데 이 중에 부처님이 출현한 대륙은 우리가 사는 남섬부주밖에 없다. 그만큼 몸으로 입으로 마음으로 죄를 지은 중생이 많다는 의미 아니겠는가. 윤리적, 도덕적으로 구제할 사람이 많다는 뜻 아니겠는가. 우리는 모두 공업 중생이기에 누가 누구를 탓하기도 민망하다.

다만 업 중에서도 가장 근본적인 업은 사물을 올바르게 인식하지 못하고 이기적으로만 판단하는 업이다. 이런 업을 '무명업'이라고 하는데 이 무명이 인간의 마음을 혼란하게 하고, 세상을 무질서하게 하고, 우주의 생태계마저 변화시킨다.

그렇다면 지금 우리가 4대강을 앞에 두고 진정으로 해야 할 일은 무엇일까. 그것은 아마도 강물의 녹조를 제거하는 일보다는 양심의 목소리에 귀 기울이지 않는 내 마음의 녹조를 제거하는 일이 아닐까 싶다.

내면으로의 여행

창문을 활짝 열었다. 부유스름한 미명, 새소리가 정답다. 허공을 향해 두 팔을 뻗고 한껏 기지개를 켠다. 시원한 바람이 폐부 깊숙이 파고든다. 새로운 피를 수혈받은 듯 온몸이 짜릿하게 각성된다. 순간적으로 현기증이 일어난다. 이물질이 빠져나간 듯 정신이 맑아온다. 몸이 깃털처럼 가벼워지면서 허공으로 붕 떠오른다. 새삼스럽게 맑은 하늘과 푸른 산야가 시야에 가득하다.

조용한 산사에 오면 누구라도 출가승이 되는 것일까? 산문을 오르며 오른발 왼발, 발자국마다 내 모습을 찍어보네. 왠지 부끄러워지는 마음. 도량을 거닐며 저만큼 스님 흉내를 내본다. 나도 모르게 합장하고 허리 깊숙이 절을 한다. 내가 언제 누구에게 허리를 숙여본 적이 있던가. 누구에게 먼저 손 내밀어본 적이 있었던가. 새삼 속세의 모든 것들이 부질없다고 느껴진다. 어느새 내 마음은 출가승이 되어 다소곳이 앉아 있다.

편백나무 숲은 피톤치드 향기로 가득했다. 숲에는 나무 사이로 햇살이 빗살처럼 퍼지고 있었다. 장엄했다. 그녀는 후광을 받으며 실루엣으로 노래한다. 멋들어진 목소리로 부르던 그녀의 노래는 우리 가슴에 잔잔하게 울려 퍼진다. 새들은 〈목로주점〉이 제법 근사한 노래라는 것을 알고 있을까. 서로 화음을 주고받으면 멋진 하모니를 이룰 수 있으련만. 사람과 사람이 마음과 마음을 주고받는 날이 오면, 새들도 마음의 문을 활짝 열고 우리에게 화답할지도 모르지.

귀향. 어디론가 훌쩍 떠나고 싶을 때는 조용히 내면으로 여행을 떠나보자. 움직이면서도 움직인 바 없고 들으면서도 들은 바 없는 고요한 그곳. 인생이란 본디 몸부림치면 칠수록 수렁은 깊어지고 벗어나려 하면 할수록 첩첩산중이니 그저 머무른 바 없이, 머물고 가는 바 없이 가는 것이라 했던가.

2장

—

나를 성장시킬 수 있는 인연들과 만나기

나를 힘들게 하는 생각

"템플스테이 프로그램인 만다라를 설명하다가 나도 모르게 꾹 눌러두었던 감정이 폭발해 민망했습니다. 만다라는 다양한 도안에 색을 칠하며 광활한 우주 속 한 점 티끌에 지나지 않는 자신의 존재 앞에 겸손한 마음을 가져보는 시간이지요. 하지만 스님과 주변 사람들의 다독거림 덕분에 서서히 기분이 풀리더군요.

너무 다른 남정네와 여인네가 만나 가족을 이루고 살다 보니 별별 일이 다 있습니다. 스님께서는 저의 아픈 곳을 치유해주는 약을 주셨으니, 묻지도 따지지도 않고 약발이 떨어지면 또 약을 타러 오겠습니다."

남편과 함께 템플스테이에 왔던 부인이 기분이 많이 좋아진 듯 푸념 섞인 투로 말했다.

"그러셨나요? 기분이 많이 좋아진 것 같아 다행입니다. 헌데 이를 어쩌지요? 남의 불행은 나의 기쁨이라는 말이 있잖아요. 당신은 꾹 참았던 감정이 폭발해서 민망했는지 몰라도, 보는 우리는 웃고 즐거웠으니 오히려 우리가 감사해야죠. 그것도 자신도 모르게 베풀었으니 그야말로 으뜸으로 베푼 게 아닌가요?"

절에서는 베푸는 것을 '보시布施'라고 하는데 그것도 무의식적으로 베푸는 보시를 '무주상보시無住相布施'라고 하여 최고의 가치로 여긴다. 상대는 베풀었다고 느끼고 감사하는데 정작 본인은 베풀었다고 생각하지 않는다는 것은 그 사람의 성품이 본디 착하고 긍정적이기 때문일 것이다. 조금 베풀면서 생색을 내고 자랑하다 보면 오히려 욕을 먹게 되어 있다.

불교에서는 '삼륜三輪이 공하다'는 말이 있다. 시자施者, 수자受者, 시물施物을 삼륜이라고 하는데 이 삼륜이 텅 비었다는 것이다. 즉 준 사람도 없고, 받은 사람도 없고, 주고받은 물건도 없다는 말이다.

물 위를 걷는 것처럼 주고도 주었다는 생각이 없으니 얼마나 편안하겠는가. 앞에서 차가 오는데 내가 저 차를 피해야지 생각하면서 피하지 않는다. 자신도 모르게 무의식적으로 피한다. 무슨 차가 지나간지도 모른다. 그러니 하루에 수많은 차를 피해 다녀도 힘들지 않은 것이다. 위와 같은 원리라면 나를 힘들게 하는 것은 준 것이 아니라 주었다는 생각이 남아 있기 때문이다.

나는 남편에게 이렇게 해주었는데 남편은 몰라주니 야속하다. 나는 회사에 이렇게 해주었는데 회사는 알아주지 않아 불만이다. 나는 자식들에게 해달라는 것 다 해줬는데 자식들은 내 속을 몰라준다. 나는 시댁에 이렇게 해주었는데 시댁에서는 받기만 한다…….

이처럼 은근히 기대하는 마음이 자신을 힘들게 한다. 베풀었다는 생각이 남아 있으면 인생이 피곤해진다. 그래서 그런 번뇌에서 벗어나기 위해 삼륜이 청정한 도리를 알고 보시하면 능히 원하는 바를 성취할 수 있다고 했다.

때로는 준 것이 나를 힘들게 하는지 주었다는 생각이 나를 힘들게 하는지, 빰을 맞은 것이 나를 힘들게 하는지 맞았다는 생각이 나를 힘들게 하는지, 일이 나를 힘들게 하는지 일하기 싫은 마음이 나를 힘들게 하는지 한 번쯤 성찰하는 시간을 가져보자.

헌데 조금 아쉬운 것은 우리가 누구에겐가 베풀 때는 꼭 생색을 내려고 베푼다거나 무슨 대가를 바라고 주는 것은 아니지만, 그래도 왠지 받은 사람의 반응이 없으면 조금은 서운하게 느껴진다. 누가 아무런 이유 없이 나에게 밥을 두 번 사겠는가. 한 번 대접받았으면 인사로라도 한 번 대접해야 도리일 것이다. 그게 깨닫지 못한 보통 사람들의 정서라고 할 수 있다. 그래야 서로 우의가 돈독해지고 오해 없이 편안한 관계가 되지 않겠는가.

이치가 이러하다면 서로 주고받는 수수授受(줄 수, 받을 수)한 삶이야말로 지금 우리에게 필요한 삶의 방법인지도 모른다.

아름다운 나를 만나는 길

직장 생활이나 사회생활을 할 때 가능한 한 미운털이 박히지 말아야 한다. 미운털이 박히면 다니기가 그만큼 힘들어지기 때문이다. 심하면 회사를 그만둬야 할 상황도 발생한다. 그만큼 한번 미운털이 박히면 뽑아내기 어렵다. 오히려 몸 전체의 솜털이 모두 미운털로 변할 수도 있다.

첫인상이 좋아야 시작이 순조롭지, 첫인상이 잘못되면 매사가 꼬인다. 그러고 보면 참으로 묘한 게 세상 인심이다. 사람이 미우면 하는 짓마다 미워 보이고 사람이 예쁘면 하는 짓마다 예뻐 보인다.

예쁜 사람 미운 데 없고, 미운 사람 예쁜 데 없다는 말이

있지 않던가. 일례로 며느리에게 시어머니는 예쁜 구석이 없다. 앉아 있다고 미운 시어머니가 서 있다고 예뻐 보이겠는가. 그저 미운 눈으로 바라보는 며느리의 눈에는 시어머니 존재 자체가 미울 뿐이다. 하긴 미운 일곱 살이라고 했다. 눈에 넣어도 아플 것 같지 않은 내 새끼가 미울 때가 있다고 하니 더 말해 무엇 하겠는가.

이토록 인간관계에서는 외모도 중요하지만 그에 못지않게 마음 씀씀이도 중요하다. 아니, 어쩌면 절대적인 비중을 차지한다고 해야 할까. TV 드라마를 보면 화면 속 연기자들은 자신이 맡은 배역에 따라 미추가 결정된다. 외모가 훌륭한 연기자도 나쁜 배역을 맡으면 미워 보이듯 아무리 외모가 별로인 연기자도 좋은 배역을 맡으면 예뻐 보인다.

이토록 마음을 어떻게 쓰느냐에 따라서 사람의 모습이 달라지기 때문에 불교에서는 일체유심조一切唯心造라고 하는 것이다. 육신은 허상이요, 그 마음이 진실상이라는 것이다. 나의 예쁜 모습도, 미운 모습도 모두 마음의 작용이라고 한다. 이렇듯 사람은 마음 씀씀이에 따라 예뻐 보이기도 하고 미워 보이기도 한다. 예쁘면 보고 싶고 가까이 가고 싶고 무엇이든지 도와주고 싶다. 그러나 미우면 보기 싫고 멀리하고 싶고 심지어는 가진 것도 빼앗고 싶다. 이토록 사람은 예쁘면 취하고 미우면 버리는 이기적인 존재다.

그렇다면 누군가가 나를 미워할 때는 어떻게 해야 하는가. 덩달아 미워하지 말고 한 번쯤 생각하고 느껴보자. 분명히 그럴만한 이유가 있지 않겠는가. 내가 누군가를 미워할 때는 그럴만한 이유가 있듯이 누군가가 나를 미워할 때도 필유곡절이 있지 않겠는가. 그 원인을 알아차려야 한다. 만약 내게 미움을 받을 만한 이유가 있다면 그 이유를 없애야 한다. 그렇지 않으면 회사를 옮겨도 또다시 미움받을 수 있다.

《인간 게놈 프로젝트》라는 책을 보면 인간의 유전인자는 99.9퍼센트가 동일하다고 한다. 내가 좋아하는 것은 다른 사람도 좋아하고 내가 싫어하는 것은 다른 사람도 싫어한다. 우리가 각자 다른 공간에서 드라마를 보면서도 똑같이 공감하는 이유 또한 사람이 보편적으로 같은 유전자를 가졌기 때문이다. 만상불여심상萬相不如心相이라, 즉 마음이 으뜸이더라.

'생긴 대로 논다'는 말이 있지만 세월이 지나면서 그 마음씨가 어떻게 생겼느냐에 따라 얼굴 모양도 따라 변하는 법이니, 부디 한마음 곱게 쓸 수 있다면 정말 아름다운 자신을 만날 수 있으리라.

바른길을 가는 검지

"스님, 법명을 몰라서 검지 스님이라고 불러봅니다."

"법명을 모르면 그저 스님이라고 부르면 그만이지, 굳이 검지 스님이라고 부르느냐. 검지 스님이라……. 헌데 가만히 듣고 보니 그 이름도 괜찮은 것 같구나. 아니, 정말로 마음에 쏘~옥 드는 이름이다. 뭔가 내가 나를 감시하는 느낌이라고나 할까.

누군가로부터 손가락질받기 이전에 스스로 알아서 처신하라는 가르침 같기도 하고, 내가 그동안 검지를 잘 사용해 왔는지 돌아보는 계기도 되고, 한편으로는 내가 검지에게 무슨 죄라도 지은 듯 따끔하게 느껴지기도 하는구나.

그러고 보면 네가 검지 스님이라고 이름을 지어준 데는 나름대로 이유가 있었더냐. 괜스레 달만 가리키지 말고 스님 관리 잘하라는 무언의 법문을 설하는 것이 아니더냐. 하긴, 본디 이 말은 불교에서 유래한 말로 실상, 본질을 바로 보라는 의미로 쓰이는 말이란다.

검지는 다만 검지일 뿐 검지가 주체는 아니라는 말이지. 본디의 성품으로 돌아가도록 가르치는 방편이라고나 할까. 검지가 달을 가리켰다고 해서 검지가 달을 가리킨 것은 아니지 않느냐. 다만 검지는 그 마음 작용 때문에 달을 가리켰을 뿐이란다.

자동차로 서울에 갔다고 해서 자동차가 볼일이 있어 저 스스로 서울에 간 것은 아니라는 의미지. 그러나 비록 손가락이 그 마음을 따랐다고 하더라도 습관에 의해서 자신도 모르게 손가락질을 할 수도 있으니, 몸과 마음을 함께 닦으라고 하는 것이다. 좌우간 검지라고 하니 부처가 하늘과 땅을 가리키며 천상천하유아독존을 외쳤던 그 성스러운 룸비니 동산이 떠오른단다.

하긴 영화 〈E.T.〉를 보면 붉은 심장을 가진 외계인 이티와 주인공 엘리엇이 서로 검지를 통해서 영혼을 주고받기도 하더라니만……. 허나 국민의 가슴속에는 검지하면 뭐니 뭐니 해도 박지성 선수의 월드컵 골 세리머니가 아니겠는가.

이토록 아름다운 검지, 속 깊은 검지, 실상을 알려주는 검지를 선물해주어서 그저 감사하고 감사한 마음이구나. 아무쪼록 검지를 가슴에 새겨두고 정도正道, 즉 바른길을 가는 검지가 되도록 노력하련다.

천강유수 천강월千江有水 千江月이라. 달그림자에 연연하는 검지가 되지 않도록 더욱 정진하련다. 그리고 언제나 검지를 구부려서 나를 가리키는 냉정하고 분명한 검지가 되도록 하겠다. 아무튼 오늘 아주 좋은 선물을 받은 것 같아서 기분이 흡족하구나. 그리고 뭐라? 디자인 작업으로 밤을 새웠다고? 철야 작업으로 불태우는 밤, 진주는 그렇게 태어난다는 사실을 알아야 하리라."

아름다운 언어 습관

부인의 얼굴이 조금은 어두워 보인다. 심기가 불편한 모양이다. 사람들은 못마땅한 것이 있으면 으레 그 감정이 얼굴과 몸에 나타난다. 물론 즐거운 일이나 좋은 일이 있을 때도 마찬가지다. 헌데 지금 부인의 모습은 약간 심통이 나 있는 것처럼 뭔가 못마땅한 모양이다. 아니나 다를까 아침부터 남편과 말다툼을 했다고 한다.

하필 부부가 함께 템플스테이에 가기로 한 날 다투었으니 속이 더 상한 것이다. 가는 날이 장날이라는 말은 이를 두고 하는 말일까? 어찌나 화가 나던지 템플스테이고 뭐고 다 팽개치고 싶었는데 남편이 이왕지사 접수한 것 다녀오자고 해서 마지못해 왔다고 한다. 함께 차를 타고 오는 동안 화가 풀렸을 만도 한데 아직도 가라앉지 않은 것을 보면 단단히 화가 난 모양이다.

"그래요, 어찌 되었든 잘 오셨습니다. 부인을 설득해서 함께 가자고 한 남편께도 감사하고요. 부부가 서로 전선을 형성하면 에너지만 낭비되지 않겠어요?" 하니까 멋쩍게 웃는다.

부부의 사연은 대충 이러했다. 부인이 아침에 세면장에 들어갔는데 그날따라 치약이 눈에 거슬리더라는 것이다. 그동안 몇 번이나 당부했는데도 늘 그대로였다. 도대체 무슨 심보로 치약을 푹푹 눌러 짜는지 속을 모르겠단다. 아침부터 분위기가 심상치 않게 흘러갔다. 치약의 바다에 거친 파도가 일어날 조짐이 보였다.

부인은 치약을 짜는데 왜 두 주먹을 불끈 쥐고 몸살을 하는지 이해할 수 없었다. 치약이 무슨 죄가 있다고 거기다 억지를 부리는지 모르겠다. 볼 때마다 신경이 거슬렸지만 가급적 말을 안 하다가 운수가 사나우려니까 하필 오늘 한마디 툭 던진 것이 화근이 된 것이다. 부인은 아직도 치약의 바다에서 헤어나지 못하고 있었다.

얼마나 싸울 것이 없으면 치약 짜는 것을 가지고 싸우냐

물었더니 부인은 치약 짜는 정도의 사소한 문제도 부부로 살다 보면 싸우게 된다고 한다. 겉보기와는 다르게 치약의 바다가 생각보다 깊은 것을 보니 참으로 부부의 속은 알다가도 모를 노릇이다. 나는 남편에게 넌지시 물어보았다.

"아니, 아내의 부탁인데 그 정도는 들어줄 수 있지 않아요?"

그러자 남편은 억울한 표정을 지으며,

"스님, 아내가 부탁하면 제가 왜 안 들어 주겠습니까. 그런데 그것이 아닙니다. 아내는 마치 제가 큰 잘못이나 저지른 것처럼 격앙된 표정으로 지시하듯이, 명령하듯이, 훈계하듯이 퉁명스럽게 말을 합니다."

같은 말이라도 '아' 다르고 '어' 다른 법인데 꼭 무슨 말을 해도 시비조란다. 사람은 본디 반대 심리가 강해서 하라고 하면 더 하기 싫은 법. 그런데 나무라기까지 했으니 자존심도 상하고 오기가 생겨서 더 어깃장만 놓게 되었는지도 모를 일이다.

나는 부부의 말을 들으며 새삼 언어의 중요성을 다시 한 번 생각해본다. 아무리 아내의 의도가 순수하더라도 남편의 마음이 닫혀버리면 지금같이 오히려 시비가 된다. 그러므로 부인이 진심으로 남편의 치약 짜는 문제를 고치고 싶다면 먼저 부탁을 해보자. 우리가 흔히 남에게 부탁할 때는 어떤 자세를 취하는가.

자신을 낮추고 예의를 갖추고 겸손하며 아부의 기술이 있어야 하지 않은가. 어려운 부탁일수록 소기의 목적을 달성하기 위해서는 더 극진하게 대접하는 것이 인지상정이다. 부탁하는 사람의 자세가 뻣뻣하면 먹혀들 리 없다. 부부는 편안한 관계이기도 하고 어려운 관계이기도 하고 소중한 관계이기도 하지 않은가. 나는 부인에게 넌지시 물어보았다.

"부인, 다음에는 남편에게 정중하게 부탁을 해보세요. 남편이 좋아하는 음식점으로 초대해서 약주도 한잔 대접해주세요. 그리고 사실은 당신에게 부탁하기 위해 자리를 마련했다고 말해보세요. 과연 남편의 반응이 어떨까요.

인간은 대접받은 만큼 행동한다고 하잖아요. 대수롭지도 않은 일로 이렇게까지 신경을 쓰는 아내의 또 다른 모습을 보면 새삼 놀랍기도 하겠지만 아내의 이런 마음 씀씀이에 감동하지 않을 남편이 있을까요.

허나 그렇게까지 하는 것이 쑥스러우면 부드러운 눈빛과 표정으로 속삭이듯 부탁해보세요. 현명한 아내는 남편이 즐거운 마음으로 자기 뜻에 따를 수 있도록 유도하지요. 사람은 무엇을 말하느냐보다 어떻게 말하느냐가 중요하다고 했던가요. 자신의 아름다운 언어로 삶의 질을 높여보세요."

아무쪼록 찌그러진 치약이 더 이상 일그러지지 않도록 치약으로 입을 씻고 몸을 씻고 마음을 씻고 새롭게 태어나기를 기대해본다.

근면과 성실이라는 꽃

그는 쌀가게 점원으로 취직했다. 물론 요즘 이야기는 아니지만 살아가는 사람들에게도 교훈이 되는 이야기다.

열심히 잘해보겠다는 그의 말에 쌀집 사장님도 흔쾌히 승낙했다. 쌀집에 취직하겠다는 사람들을 보면 대부분 갈 곳이 없어서 마지 못해 오는 사람처럼 의욕도 없고 풀이 죽어 있는데 그는 조금 달랐다.

쌀집에 취직한 것이 뭐가 자랑이라고 좋아하겠냐만은 그는 왠지 의욕이 넘쳤다. 그는 본디 집안이 가난해서 못 배운 자신의 처지를 잘 알고 있었다. 비록 집은 가난했지만 타고난 성품이 긍정적이고 적극적이라 그런지 쌀가게 점원도 감지덕지했다. 뭔가 자신감이 있어 보였다.

그는 자신이 찬밥 더운밥 가릴 처지가 아니라고 생각했다. 취직 후 언제나 주인보다 먼저 가게에 나와서 정리 정돈도 잘하고 주변 청소도 말끔히 했다. 쌀 배달을 갈 때는 언제나 힘차게 자전거 페달을 밟았다. 그는 배달한 쌀을 고객의 쌀독에 채워주는 끝마무리까지 잘했다.

그리고 언제나 감사의 인사도 잊지 않았다. 고객들도 부지런하고 친절한 그의 모습에 흡족해했다. 특히 젊은 사람이 이런 궂은일을 하면서도 기죽지 않고 밝고 성실하게 산다며 칭송이 자자했다. 주인은 주인대로 힘든 일도 곧잘 하고 이것저것 잔심부름도 군말 없이 잘하는 그가 대견스럽고 한편으로 고마웠다.

그는 자신이 하는 일이 귀한 일이든 천한 일이든 희망적인 일이든 절망적인 일이든 그런 것에 연연하지 않았다. 오직 지금 자신에게 주어진 일에 최선을 다하여 성실하게 임할 뿐이었다.

사람이 무슨 일을 하느냐도 중요하지만 어떻게 하느냐가 더 중요한 법이다. 주인 입장에서는 쌀가게 점원이라는 일이 월급도 박한 데다 힘들고 궂은 일이라서 마땅한 사람을 구하기가 쉽지 않은데 그야말로 호박이 넝쿨째 굴러 들어온 터였다. 그런 그의 성실함 덕분인지 쌀가게는 나날이 번창했다. 시간이 지나도 그는 한결같았다. 그런 그의 모습을 보고 사장님은 월급도 올려주고 장부도 맡겼으며 심지어 금고까지 맡겼다.

당연히 그에 따르는 대우와 보상이 뒤따랐다. 결과적으로 그는 인정을 받아 좋고 주인은 덕분에 장사가 잘돼서 좋고, 이런 관계를 상부상조라고 하는 것일까.

비유하자면 나무는 탐스러운 열매를 맺기 위해 꽃을 피워야 한다. 그러나 나무는 꽃만 피울 뿐 스스로 수정하지 못한다. 수정은 어디까지나 자연의 섭리에 따라 벌과 나비에 의존할 수밖에 없다. 그러나 벌과 나비는 탐스러운 열매를 위해 수정하지 않는다. 오직 자신들이 꿀을 따려고 이 꽃 저 꽃 분주하게 들락거릴 뿐이다. 수정을 받기 위해 꽃을 활짝 피워 벌과 나비를 유혹하는 나무의 영악스러움이 그저 신비스럽기만 하다.

이렇듯 사람들은 자신의 운명 앞에 당당해야 한다. 가파른 벼랑 끝에서도 자신의 모든 것을 끌어올려 꽃을 피우는 나무처럼, 비록 세상의 후미진 계곡에서 보잘것없는 일을 하며 살아가는 운명일지라도 자신의 운명 앞에 최선을 다할 수 있다면 얼마든지 절망을 희망으로 바꿀 수 있다.

허름한 쌀집에서 일하는 종업원이 피워 올린 성실의 꽃이 사장님에게는 꿀이 되고 자신에게는 탐스러운 열매가 된다는 사실. 요즘처럼 무시당한다고 힘든 일을 외면하는 젊은이들에게 내 말이 다소 무모하고 억지스럽게 들릴지 모르겠다. 그러나 근면과 성실의 꽃만이 탐스러운 열매를 맺을 수 있다는 사실을 잊어서는 아니 될 것이다.

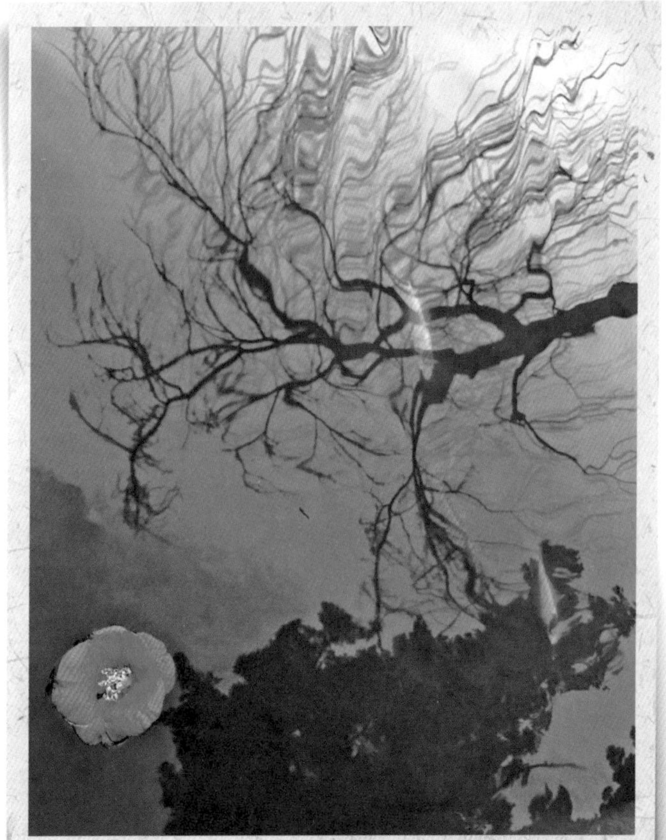

나를 바꾸는 건 나일 뿐

이름을 바꿔야 한다는 엄마의 말은 크고 높았다. 처음에는 설마 하던 딸도 은근히 기대하는 눈치다. 그러잖아도 나이가 마흔이 되도록 뭐 하나 제대로 되는 일이 없다. 뭔가 돌파구를 찾아야 하는데 이제는 겁도 나고 지칠 대로 지쳤다. 지켜보던 부모님도 말은 못하고 답답하기는 마찬가지다. 그러던 차에 누군가 이름을 바꿔보라고 귀띔을 해준 것이다.

이름이 가로막아서 일도 잘 풀리지 않고 운수도 사납다는 것이다. 뭔가에 매달리고 싶은 그들은 그 말에 귀가 솔깃했다. 그동안 잘못된 것이 오직 이름 탓이라고 생각했다. 왜 진즉 그 생각을 하지 못했을까 은근히 후회도 되었다. 그러고 보니 실제로 이름이 사고와 연결되는 일도 있고, 이름을 바꾸자 일이 술술 잘 풀리는 사례도 있다고 하지 않던가.

생각이 여기에 미치자 귀가 얇아질 대로 얇아진 그녀는 그동안 일이 꼬인 것도 자신 때문이 아니라 모두 이름 탓인 것만 같았다. 수소문 끝에 그들은 어느 유명하다는 작명가 앞에 마른침을 꿀꺽 삼키며 앉았다.

명리학에서는 이름의 가치를 높이 평가한다. 물론 자신들의 전문 분야기 때문에 그럴 수밖에 없으리라. 그들은 마치 이름에 그 사람의 운명을 좌우하는 힘이 있는 것처럼 말한다. 대박이 나는 이름이 있는가 하면 쪽박 차는 이름이 따로 있다고 한다.

누구나 이런 말을 들으면 구미가 당기면서 긴가민가해진다. 그러면서 그들은 재산, 직장, 문서, 건강, 구설, 이성 관계 등이 안 좋으니 이름을 바꿔보라고 은근히 부추긴다. 이름 석 자만 바꾸면 인생이 만사형통이란다. 호랑이는 죽어서 가죽을 남기고 사람은 죽어서 이름을 남긴다는 말도 그들이 하면 그럴듯하게 들린다.

언젠가는 결혼을 앞둔 예비부부가 템플스테이에 와서 내게 물었다. 지인이 여자 친구의 이름에 문제가 있는 것 같다고 말해주더란다. 이름을 바꾸지 않으면 앞날이 순탄하지 않을 것이라고 말이다. 헌데 묘한 것이 평소에는 그런 것에 무관심했는데 막상 결혼을 앞두고 그런 말을 들으니 신경이 쓰이더라는 것이다. 그러나 나는 이름은 다만 이름일 뿐 본질은 아니라고 분명하게 쐐기를 박듯이 말해주었다. 확신을 심어주기 위해서다.

이름이란 사람으로 말하면 의복과 같은 것이요, 상품으로 말하면 포장과 같은 것이다. 경찰이 군복을 입었다고 군인이 되는 것도 아니요, 군인이 경찰복을 입었다고 경찰이 되는 것도 아니다.

그뿐인가, 홍길동을 임꺽정이라고 부른다고 홍길동이 임꺽정이 되는 것도 아니요, 임꺽정을 홍길동이라고 부른다고 임꺽정이 홍길동이 되는 것도 아니다. 아무리 좋은 이름을 지어줘도 자신은 언제나 자신 그대로일 뿐이다. 그렇기 때문에 설사 이름을 바꾸더라도 그 이름값을 위해서 자신이 그만큼의 노력을 해야 한다.

그렇지 않으면 괜스레 돈 주고 새로 지은 이름만 어색하고 억지스럽게 겉돈다. 이름은 이름대로 놀고 나는 나대로 놀아 아무 의미도 없게 된다. 운명을 바꾸려면 자신을 바꿔야지 이름을 바꾼다고 운명이 바뀌겠는가. 그러므로 작명 같은 역술에 끌려다니지 말고 자신을 바로 보아 자신에게 분명한 메시지를 줘야 한다.

이순신은 자신을 바로 세워 이름을 남겼으며, 알 카포네는 자신의 잘못으로 오명을 남기지 않았는가. 이처럼 이름을 떠나 오직 나 자신을 잘 관리하면 귀해지고 잘못 관리하면 천해지는 것이다. 다만 산은 산이요, 물은 물이라는 사실을 잊지 말아야 하리라.

청정한 성품을
갖추기 위한 노력

"스님, 세상에 꼭 도둑놈들만 사는 것 같습니다. 진짜 도둑놈은 도둑질하고도 감옥에 가지 않습니다."

그의 말은 점점 격앙되어 갔다.

"어떻게 된 세상이 눈만 뜨면 부정부패, 비리, 횡령, 사기가 끊임이 없습니까?"

나랏돈은 임자가 없으니 먼저 빼먹은 사람이 주인이란다.

"고양이에게 생선 가게를 맡겨도 이보다는 나을 거예요."

사석에서 만난 모 방송국 기자가 울분을 토해낸다. 나는 그의 말을 들으면서 문득 기자라는 직업도 참으로 피곤하겠구나 하는 생각이 들었다. 직업 특성상 일반인보다 더 많은 정보를 알 수밖에 없기 때문이다. 세상의 좋은 소식보다는 나쁜 소식을 더 많이 다루는 직업이다 보니 때로는 감정 조절이 안 되는 것도 이해가 된다.

언제인가 학교에서 윤리 도덕을 가르치는 선생님이 오셨다. 선생님은 아이들 보기 부끄러워 수업을 제대로 못하겠다고 토로했다. 교육자적인 양심이란 그런 것일까. 어리석은 세상이란 지식이 병든 세상을 일컫는다.

자신의 지위나 명예를 이용해서 사리사욕을 채우는 사람들이 모여 사는 집단. 윗물이 맑아야 아랫물이 맑다는 말씀은 만고불변의 진리인데, 윗물이 흐리면 아이들은 어디에 발을 담가야 하는지……. 아이들은 어른들의 그런 모습을 미워하면서도 한편으로는 닮아간다고 하지 않던가.

헌데 어른들은 어른만이 옳다고 하면서 정작 어른을 닮아가는 젊은이들을 무례하고 버릇없다며 나무란다. 우리 사회 어른들이 젊은이들에게 푸대접을 받는 이유를 조금은 알 것 같다.

절에서 배우는 책 중에는《초발심자경문》이 있다. 지눌 스님의《계초심학인문》과 원효 스님의《발심수행장》그리고 야운 스님의《자경문》을 합본한 책으로, 첫발을 내딛는 승려

들이 경계해야 할 내용을 담고 있다.

책에는 사음수성독蛇飮水成毒 하고 우음수성유牛飮水成乳 하라는 구절이 나온다. 이 말은 독사가 물을 먹으면 독이 되고, 소가 물을 먹으면 우유가 된다는 뜻이다. 근본 바탕이 독사 같은 사람이 지식을 배우면 그 지식은 사회의 독이 되고, 근본 바탕이 소 같은 사람이 지식을 배우면 그 지식은 사회의 우직한 일꾼이 된다는 뜻이다.

사람은 무엇보다도 근본 성품이 청정해야 한다. 나쁜 사람이 지식을 배워 나쁜 곳에 사용함은 자명하지 않은가. 이치가 이러하다면 지금 우리가 가정과 학교 그리고 사회에서 가르쳐야 할 것은 무엇이고 배워야 할 것은 무엇인가. 지식인가, 지식을 선용할 올바른 양심인가.

헌데 우리는 지금 무엇을 가르치고 무엇을 배우고 있는가. 성적만이 유일한 가르침이고 추구하는 목적이요, 세상으로 나아가는 통로가 아닌가. 성적, 성적, 성적…… 성적이 높아야 훌륭한 학생. 성적을 많이 올려야 훌륭한 선생님. 성적이 좋아야 훌륭한 학교. 정녕 우리 사회의 성적표는 얼마나 되는지 한 번쯤 묻고 싶다.

어머니의 성스러운 의식

어제 서울 사는 동생에게 전화가 왔다. 다가오는 월요일이 어머니 제사인데 참석할 수 있겠냐는 내용이었다. 나는 망설이지 않고 당연히 가겠노라고 대답했다. 그러잖아도 그동안 몇 차례 참석하지 못해 늘 마음에 걸리던 터였다. 직장 다니기도 바쁜데 싫은 기색 없이 제사를 모시는 제수씨가 너무 고마워 격려 차원에서라도 가야만 했다.

요즘이 어떤 세상인가. 부모님의 제사 문제로 형제간에 갈등이 일어나는 시대가 아닌가. 돌아가신 부모님도 운이 좋아야 제삿밥을 얻어먹는 시대가 아닌가. 돌아가시기 전이나 돌아가신 후나 부모 대접받기 어려운 세상인데 제수씨 덕분에 오랜만에 형제자매가 모여 어머니에 대한 덕담도 나누고 안부도 주고받는 뜻깊은 시간을 보낼 수 있었다.

돌이켜 보면 생전에 어머니는 말씀이 없으셨다. 언제나 무심한 표정이셨다. 모든 것을 초월하신 듯 어지간한 일에는 반응이 없으셨다. 그것은 어머니 본래의 성품이기도 하려니와 시집살이도 만만찮게 영향을 주었다. 어머니의 시댁은 종가인 데다 지아비는 4대 독자 외아들이셨다.

거기다 일찍이 청상이 된 시어머니까지 모시고 살았어야 했으니 그 한이 오죽했으랴. 그러나 정작 어머니를 더 힘들게 한 것은 따로 있었다. 워낙 손이 귀한 집안이라 혹시나 대가 끊어질까 봐 할머니는 아버지를 절에 의탁했다.

그야말로 어머니는 아버지의 그림자가 되어 그저 먼산바라기로 지아비를 그리워하며 시린 가슴을 달래야 했다. 어머니는 언제나 할머니가 펼쳐놓은 마당에서 작두를 타며 할머니의 장단에 맞추어 춤을 추는 아바타였다.

할머니와 아버지의 잘못도, 자식들과 집안의 허물까지도 모두 어머니가 감당해야 할 멍에였다. 어디 그뿐이던가? 아무리 출가외인이라고 하지만 엄연히 친정이 있는데도 시어머니 서슬에 친정 나들이는 고사하고 문안 인사 한번 제대로

드리지 못해 결국은 내왕마저 끊겼으니 우리는 아예 외가가 없는 줄로만 알았다.

언제였던가, 차마 안타까운 마음에 자식들이 나서서 친정 오빠 댁도 찾아보고 친정 언니네도 방문해보았지만 오히려 어머니가 서먹하고 어색해하는 바람에 발길을 돌려야만 했다. 결국 어머니가 돌아가신 지금에는 아예 발길이 끊겼으니 어찌 아쉬움인들 없겠는가. 아무리 그 시절이라고 하지만 혈육까지 단절되는 것을 보면서 참으로 어머니의 일생이 기구하다는 생각을 떨쳐버릴 수 없었다.

할머니가 돌아가시고 이제는 두 다리 뻗고 밥이라도 편히 드시려나 했지만 어머니의 삶에는 변화가 없었다. 마당 제사로 삼년상까지 마친 후에도 할머니는 여전히 어머니의 정신세계를 지배하고 있었다. 어머니께서는 이미 고루한 미풍양속의 상속자일 뿐이며 인종만이 유일한 규범이었다.

그 시절 아녀자가 지녀야 할 덕목 중에 삼종지도三從之道라는 말이 있지만 어머니는 그야말로 할머니, 아버지, 그리고 자식들에게까지 대를 이어 순종하시며 사셨다. 변변한 말 한마디 못 하시고 그저 긴 한숨만 쉬셨다.

누군가 한숨을 쉬면 복이 달아난다고 하시면서도 유난히

한숨이 많으셨던 어머니. 한숨과 함께 읊조리는 관세음보살님은 어머니의 유일한 의지처였다. 한번은 생전의 어머니께 물어보았다.

"어머니! 아버지 뵌 지가 얼마나 되셨지요?"

그러자 어머니께서는 12년이 되었다고 긴 한숨을 내쉬며 말씀하셨다. 수많은 세월 속 기다림에 지쳐 이미 화석이 되신 어머니. 아버지가 돌아가시자 자식들 앞에서 예의 무표정한 얼굴로 눈물 한 방울 흘리지 않던 어머니. 장례가 끝난 뒤 며칠 동안 식음을 물리시고 홀로 어둠 속에 엎드려 하염없이 눈물을 흘리던 어머니의 모습은 지금도 내 가슴 깊숙이 자리 잡고 있다.

그 긴 세월 동안 속으로 삼킨 회한의 눈물이 얼마나 많았으랴. 아버지를 떠나보낸 후 어머니의 한 평 남짓한 방문은 언제나 굳게 닫혀 있었다. 입도 닫혀버리고 마음도 닫혀버린 어머니에게 생은 한낱 그림자에 불과했다. 생전에 그렇게도 애타게 그리워하던 지아비를 차마 홀로 보내드리지 못하시는 어머니는, 불도 켜지 않은 채 어둠 속에서 낡은 생을 주물럭주물럭 만지고 계셨다. 앙상하게 야윈 두 손은 낙엽처럼 바스락거렸다. 지금 와서 생각해보면 어머니의 이런 모습은 지아비가 계신 곳으로 가기 위한 몸부림이었던 것이다.

어둠의 제단 위에서 온몸을 비틀어 허물을 벗고 한 마리의 나비가 되어 떠나면 하늘나라로 우화등선하기 위한 어머니만의 성스러운 의식이었던 것이다.

어머니, 부디 애타게 그리워하시던 아버지를 만나 이승에서 못다 이룬 정을 나누시기 간절히 빌어봅니다.

내가 밝히는 나의 등불

그녀는 매달 3~4백만 원의 적자에 허덕인다. 계산대로라면 지금쯤 가게는 손님으로 북적거려야 할 시간이다. 아니, 눈코 뜰 새 없이 바삐 돌아가야 하는 시간이다. 헌데 어찌 된 영문인지 가게는 썰렁하기만 하다.

마치 손님들이 자신의 가게를 피해 다니는 것 같은 착각이 든다. 텅 빈 가게에 앉아 있자니 나오는 것은 한숨이요, 보이는 것은 어둠이요, 들리는 것은 부음이다. 그녀는 지금 자신의 긴 한숨이 만들어 낸 나락으로 한없이 추락하고 있다. 세상을 몰라도 너무 몰랐다는 생각이 그녀를 더욱 서럽게 한다.

남편을 비롯한 가족과 친지 그리고 주변 사람들에게 뭔가를 보여주고 싶었는데……. 쥐구멍에라도 들어가고 싶은 심정이다.

얼마 전부터 그녀에게 한 가지 고민이 생겼다. 남편이 정년퇴직해 삶의 새로운 돌파구를 마련해야만 했다. 자녀들을 생각하면 아직은 돈을 벌어야만 했다. 그렇다고 특별히 돈을 버는 재주도 없다. 그저 마음만 앞설 뿐 뾰족한 방법이 없었다. 경험이 없다 보니 쉽게 생각할 수 있는 것이 자영업이다. 자영업 하면 떠오르는 업종이 음식점이요, 음식점 하면 그나마 손쉽게 창업할 수 있는 것이 프랜차이즈다. 남편의 만류에도 그녀의 마음은 이미 굳어져 있었다. 아니, 남편의 만류가 오히려 그녀를 더욱 부채질했는지도 모르겠다.

그녀는 어느새 유명 브랜드 본사의 점포개발팀 간부에게 가게를 소개받고 있었다. 월수입 1천만 원 보장이란다. 그녀는 귀가 솔깃했지만 눈 뜨고 코 베이는 세상이라 요모조모 꼼꼼하게 따져봐야만 했다. 만만치 않은 투자금을 조달해야 할 형편이니 섣부르게 덤비는 것도 금물이었다. 헌데 지금 그녀가 상담하고 있는 곳이 본사 사무실이요, 상대는 본사 점포개발팀장이라는 사실이 다소 안도감으로 작용했을까. 아니면 월수입 1천만 원이라는 말이 그녀의 등을 떠밀기라도 한 것일까. 심사숙고 끝에 결단을 내린 그녀의 눈앞에 장밋빛 미래가 활짝 열리는 듯했다.

헌데 지금 그녀의 꿈과 희망은 어디로 갔는가. 빚까지 얻어 차린 가게에 빛은 사라지고 어둠만이 짙게 내려앉았다. 도대체 어디서부터 잘못되었는지 그녀의 인생은 뒤죽박죽이 되었다. 본사 팀장의 바짓가랑이를 붙잡고 늘어져보았지만 원점으로 돌리기에는 너무 늦었다. 새로운 돌파구를 마련하기 위해 빛을 찾아 헤매던 그녀는 한 마리의 나방이 되어 싸늘한 불빛 아래 신음하고 있었다. 이런 종류의 사례는 이미 우리 사회에서 흔한 일이 되어버렸다.

뿐만 아니라 더 나은 직장을 찾아 옮겼다가 다시 돌아온 사례도 얼마든지 있다. 허나 분명한 사실은 누가 나에게 밝고 화려한 빛을 주겠는가. 누가 나에게 먼저 손을 내밀어주겠는가. 세상을 살아가는 진리 중 하나는 남에게 의지하려 해서는 안 된다는 사실이다. 화려한 빛을 보지 말고 빛 뒤에 도사리고 있는 어둠을 봐야 한다는 것이다.

예를 들어 하늘의 태양을 보자. 눈이 부셔 아무것도 볼 수가 없다. 자동차 전조등을 보자. 역시 너무 밝아 아무것도 볼 수 없다. 한마디로 빛은 어둠이다. 빛은 그 속성이 등지고 봐야 하는 것인데, 등지고 볼 때만이 길이 보이고 사물이 보이고 진실이 보이고 장애물이 보이기 때문이다.

그렇다면 이 세상에 등불로 오신 부처나 예수, 그리고 수많은 선지식의 빛은 어떻게 할 것인가. 역시 등지고 그 빛을 통해 세상의 이치를 바로 깨닫고, 세상의 진리를 탐구하고, 세상을 살아가는 방법을 배우는 것이다. 그때만이 스스로 등불이 되어 어둠은 사라지고 희망찬 미래가 열린다는 사실을 알아야 하리라.

부처는 헤어디자이너

요즘은 중이 제 머리를 깎지만, 얼마 전까지만 해도 중이 제 머리를 못 깎던 시절이 있었다. 그때는 '삭도'라고 하는 제법 근사하고 위엄 있는 칼이 있었다. 날이 시퍼렇게 살아 있는 삭도는 보기만 해도 오싹하다. 없는 머리카락이 쭈뼛쭈뼛 솟아오를 판이다. 헌데 이 삭발이라는 것이 생각만큼 만만치가 않다.

왜냐하면 자신의 머리를 만져봐도 알 수 있지만, 두상이 울퉁불퉁 고르지 못하기 때문이다. 또한 두피마저 얇은 데다 남의 머리를 깎다 보면 아무래도 감각이 둔해 자칫 상처를 낼 수 있다. 헌데 상처가 나면 아픈 것보다 피가 많이 난다.

자칫 몇 군데 베이고 나면 머리에 그야말로 선혈이 낭자하다. 자신은 비눗물인지 핏물인지 잘 모르는 때도 있다.

그런 낭만의 시대가 가고 요즘은 좋은 면도기가 많이 나와 중이 제 머리 깎는 시대가 되었다. 세수하면서 잠깐 면도하듯이 밀면 그만이다. 안전면도기라는 이름에서 알 수 있듯이 조금만 조심하면 벨 염려도 없다. 특히 삭발한 후 머리를 한 번 쓰다듬어보면 마치 트러블 없는 비단결처럼 매끄러워 감촉도 좋고 스트레스도 해소되는 것 같다.

그런데 요즘은 삭발이 꼭 스님들만의 전유물이 아닌 것 같다. 속세에서도 삭발한 사람들이 제법 눈에 띈다. 탈모나 대머리로 고민하는 사람들이 궁여지책으로 아예 삭발을 택하는 모양이다. 사실 속세에서는 남녀를 불문하고 머리카락이 패션의 첨단이다. 그만큼 헤어스타일은 자신의 이미지에 지대한 영향을 미친다.

아무리 옷을 세련되게 잘 입어도 대머리라는 이유로 모든 것이 허물어진다. 이토록 머리카락이 삶의 중요한 부분을 차지하니 탈모로 헤어스타일에 이상이 생기면 얼마나 신경이 쓰이겠는가. 대부분 탈모 초기에는 머리카락이 빠지는 줄도 모르다가 한참이 지난 뒤 무엇인가 이상하다는 것을 알아차린다고 한다. 머리카락은 애타는 주인의 심정을 아는지 모르는지 속절없이 빠진다.

그러나 그때는 이미 늦어 거울을 들여다보며 발만 동동 구를 뿐 뾰족한 대책이 없다. 대머리를 막기 위하여 사람들은 필사적으로 처방을 받아보지만 소용없단다. 모발이식이나 가발로 대체해보지만 비용과 번거로움이 뒤따른다. 그래서 요즘은 이래저래 속상한 마음에 아예 삭발하는 경우가 많다고 한다. 물론 삭발이 오늘을 살아가는 사람들에게 좋은 인상을 주는 헤어스타일은 아니다.

아무래도 말법末法 시대다 보니 죄수나 폭력성을 상징하는 이미지가 있기 때문은 아닐까. 그러나 요즘은 수효가 늘어나면서 그런 오해가 많이 풀린 느낌이다. 헌데 정작 주저하다가 삭발을 한 사람들은 한결같이 편한 매력에 푹 빠지곤 한다. 하루에도 몇 번씩 거울을 보고 머리에 신경 쓰는 귀찮은 일에서 벗어나 자유를 누리게 된 것이다.

하긴 오늘날은 개성을 중시하는 시대라 자칫 이대로 가다가는 삭발이 도시의 새로운 헤어스타일로 유행할지도 모르겠다. 비용도 절감되고 시간도 절약될 뿐 아니라, 너무나 간편하고 편리한 헤어스타일.

어쩌면 부처께서는 2,600여 년 전 헤어디자이너셨는지도 모르겠다. 말법 시대 중생들의 고민이 탈모와 대머리라는 것을 예견하고 삭발이라는 전천후 헤어스타일을 개발하신 것은 아닐까. 하긴 부처께서는 머리는 나중에 깎고 마음부터 깎으라 하셨으며 지혜의 칼로 무명의 풀을 베라고도 하셨다.

대머리의 고민을 말끔히 해소해주는 삭발이야말로 미래를 선도해나갈 유일한 헤어스타일은 아닐까. 뿐만 아니라 해와 달이 없는 캄캄한 밤에도 스님들의 달항아리 같은 헤어스타일만 있으면 도시의 어둠이 사라지고 언제나 밝게 빛나리라.

아, 이 시대의 일월광첩日月廣貼 같은 스님들의 삭발. 그러나 부처가 진정으로 꿈꾸는 세상은 영원히 잡초가 자라지 않는 내 마음의 대머리인지도 모른다.

내가 아닌 나의 유사품

요즘 사람들은 움직이기 싫어한다. 많이 게을러진 것 같다. 세상에 그만큼 움직일 일이 없어진 것일까? 아니면 움직일 일이 있어도 사람이 움직이지 않는 것일까? 하긴 움직일 일이 적어진 것만큼은 부인할 수 없다. 우선 먹기는 곶감이 달다고, 당장은 계단보다 엘리베이터가 좋은 것을 어찌하랴.

조금만 걸어가면 되는 거리도 굳이 차를 타고 가야 하더라. 처음 세탁기가 나올 때만 해도 세상 빨래를 혼자 다 할 것처럼 좋아했었는데 이제는 세탁기를 돌리고 세탁물 정리하는 것도 귀찮아하더라. 손으로 주물주물해도 되는 가벼운 빨래도 굳이 세탁기를 돌려야 직성이 풀린다. 처음 청소기가 나왔을 때만 해도 청소 걱정은 끝났다고 생각했는데 지금은 청소기 돌리는 것도 귀찮아한다. 이밖에도 우리의 일상생활은 문명 덕분에 많이 편안해졌지만 편안해진 만큼 몸이 둔해진 것 또한 사실이다.

모든 사물이 그러하듯 인체 역시 사용하지 않으면 녹슬어 삐걱거리는 모양이다. 그러다 보니 조금만 무리해도 피곤해지고 힘들어지는 것 같다. 몸이 찌뿌듯해서 운동이라도 좀 하고 나면 온몸이 쿡쿡 쑤시고 아픈 이유도 평소 그만큼 사용을 안 했다는 증거가 아니겠는가.

심장마저 부실해진 듯 가슴이 쿵쿵 뛰고 숨은 폐까지 차오른다. 대체 나의 삶을 윤택하게 해주는 건강한 몸은 어디로 간 것일까. 내가 활기차게 살아갈 수 있도록 뒷받침해주는 근력과 에너지는 어디로 간 것일까. 세탁기에 돌려버렸는가, 청소기에 빨려 들어갔는가 아니면 문명에 휩쓸린 것인가. 편하다고 편안하게 누리고 살다 보니 나도 모르게 육신에 곰이 핀 것은 아닌지…….

그렇다면 문명이란 놈은 그동안 편안함으로 사람들의 의식을 마비시키고 내 몸의 고혈을 빨아먹으며 성장을 거듭해 왔다는 말인가. 허면 지금껏 나를 무기력하게 만든 녀석이 바로 문명 너였더란 말이더냐. 너의 장난인 줄도 모르고 내가 너를 수족이라고 좋아했더란 말이냐. 하긴 '수족이 사람 잡는다'는 말이 있기는 하더만.

고얀 녀석 같으니라고. 내 이제 다시는 너를 가까이 두지 않으리라. 세상에 핑계 없는 무덤 없다더니 자기 게으른 것을 어물쩍 떠넘기는 수작 좀 보게나. 세상이 어찌 되려고 그럴듯하게 떠넘기는 기교만 늘어가는 것인지. 그러고 보면 세상이 편해졌다고 해서 다 좋은 것만은 아닌가 보다.

헌데 아무래도 몸을 무겁게 만드는 데는 먹는 것도 한몫 톡톡히 거든 것 같다. 요즘 사람들은 그야말로 식도락 삼매에 푹 빠져 사는 것 같다. 먹고 싶은 것을 참는 것만큼 힘든 것도 없지만 먹는 것만큼 즐거운 일도 없다. 사람들이 즐거움을 낙으로 삼다가 그 즐거움으로 인해 괴로운 곳에 이르게 되니……. 얼마나 먹고 싶으면 살이 찔 줄 번연히 알면서도 손이 가겠는가.

마치 뭐에 홀린 듯 나도 모르게 나아가는 손을 무슨 재주로 말리겠는가. 과식에 야식에 폭식에 얻어맞고 나면 피가 되고 살이 되고 에너지가 되어야 할 음식이 몸에 부담으로 다가온다. 더욱이 운동마저 안 하니 소화도 안 되고 몸은 부풀어 오르고, 저울 눈금만 보면 한숨이 절로 나오고, 몸은 점차 나의 애물단지로 변해만 간다.

살은 살대로 늘고 나는 나대로 놀고, 몸은 만사가 귀찮다는 듯 말을 듣지 않는다. 나는 정녕 나인가 나의 유사품인가, 아니면 그 무엇도 아닌가. 이러다 자기 관리를 못한다고 등외품 취급받는 것은 아닌지 한 번쯤 깊이 성찰해볼 노릇이다.

서로의 처지를 헤아리는 마음

"그대는 일찍이 이 절에 와본 적이 있는가?"

"처음입니다."

"그런가? 가서 차나 한잔 들고 가게나. 그럼 그대는 일찍이 이 절에 와본 적이 있는가?"

"예, 와본 적이 있습니다."

"그래, 차나 한잔 들고 가게나."

"스님, 이 절에 처음 온 스님이나 와본 스님이나 왜 모두 차나 한잔 들고 가라고 하십니까?"

"그런가, 그대도 차나 한잔 하시게나."

이 문답은 조주 스님의 '차나 한잔하게나' 즉 '끽다거喫茶去'로 선가에서 오래전부터 전해온 선문답이다. 헌데 조선 시대 황희 정승의 비슷한 일화가 전해온다. 어느 날 사내종과 계집종이 다투다 정승이 돌아오자, 계집종이 기다렸다는 듯 정승에게 다가가서 무어라고 하소연을 했다. 그 말을 듣고 난 정승은 "네 말이 옳구나"라고 했다.

그러자 이번에는 사내종이 뒤질세라 다가가서 정승에게 자초지종을 설명하자, 정승 왈 "네 말도 옳구나"라는 것이 아닌가. 이 모습을 지켜보던 부인이 정승에게 말하길, "어인 일로 둘이 다투었는데 둘 다 옳다 하십니까?"라고 여쭙자 정승은 "듣고 보니 부인 말도 옳구려"라고 했다.

이 설화는 아무래도 조주 스님의 '차나 한잔하게나'를 각색한 것으로 보이는데 참으로 재치 있는 문답이 아닌가.

세상을 살다 보면 서로 다툼이 있기 마련이고 그 다툼은 대개 자신들 입장만 내세우려다 보니 빚어지는 충돌이다. 그런 의미에서 보면 황희의 재치가 새삼 돋보인다고 하겠다. 무엇이 되었든 자신이 잘 인용하여 공부에 보탬이 된다면 그 또한 훌륭하지 않은가.

그렇다면 우리 주변에 흔히 일어나는 고부갈등을 예로 들

世界一花祖宗六葉

어보자. 내가 쉽게 이해가 안 되는 것은 '왜 시어머니와 며느리의 관계는 나쁜 것일까.' 하는 문제다. 물론 상대적이겠지만 나빠서 나쁜 것인지, 나쁘다니까 나빠지는 것인지 아리송하기만 하다. 서로 비슷한 처지다 보니 누구보다 잘 이해할 것 같은데 그게 잘 안 되는 모양이다.

사이가 안 좋으면 잘 지내보려고 노력해야 하는데 그런 의지도 부족하다. 아무튼 세상에 흉허물 없는 사람이 있으랴만 서로 감싸주지 못할 망정 흉보기 바쁘니…….

먼저 시어머니 입장에서 보면 열 달 동안 뱃속의 아기를 위해 얼마나 노심초사했겠는가. 몸조심하느라 먹을 것도 제대로 못 먹고, 입고 싶은 것도 제대로 못 입고, 잠도 제대로 못 자고, 하고 싶은 일도 제대로 못 하고 얼마나 힘들었겠는가. 어디 그뿐이랴. 만삭이 되고 해산의 고통 속에서 아기를 낳은 뒤에도 보살피느라 1년, 2년, 3년, 10년, 20년…… 뒷바라지해 온 세월이 얼마던가.

왜 잘 살기를 바라지 않고, 좋은 배필 만나기를 바라지 않고, 행복하게 살기를 바라지 않겠는가. 그런 시어머니 마음을 조금은 헤아려주어야 하는 것 아닌가. 그렇다면 며느리의 입장은 어떠한가.

한 남자를 만나고 새로운 가정을 꾸려 행복하게 살아보려는 소박한 꿈. 그 무엇에도 방해받고 싶지 않으리라. 이 또한 젊은 청춘 남녀의 꿈에 부푼 사랑을 이해해주어야 하지 않겠는가. 헌데 고부가 서로의 처지를 이해하지 못한다면 좀 섭섭하겠는가. 그런 연유로 두 사람이 다투면 남편은 중간에서 이러지도 저러지도 못한다.

시어머니는 시어머니의 입장이 있고 며느리는 며느리의 입장이 있다. 뿐만 아니라 남편은 남편의 입장이 있을 것이다. 세상은 세상의 입장이 있고 만물에는 만물의 입장이 있다. 사장은 사장의 입장이 있고 직원은 직원의 입장이 있다. 서로 상대의 입장이 되어본다면 나는 어떻게 할 것인가.

조주 스님의 선문답 '차나 한잔하게나'와 황희 정승의 설화를 우리 삶에 적용해 서로의 입장을 바꿔서 생각해보는 계기로 삼을 수 있으련만……. 갈수록 이해관계가 복잡하게 얽혀가는 세상이지만 상대의 처지에서 생각해본다면 조금은 수월하게 상대를 이해할 수 있을 것이다.

과거의 아픔은 현재의 거름

그녀는 주렴 속을 걷고 있다. 비를 맞은 나뭇잎에서는 녹물이 뚝뚝 떨어진다. 떨어지는 빗방울마다 파아란 물안개가 피어오르고 있다. 우산을 받쳐 들고 산문으로 오르는 그녀의 마음도 파랗게 물들어간다. 빗줄기의 묘한 법문에 솔이 자라고 산이 자라고 내 마음도 자라고……. 이 비가 그치면 번뇌 많은 세상의 마음도 좀 맑고 깨끗해지려나. 삶의 무게가 담긴 배낭이 좀 가벼워지려나. 상선여수上善如水라, 최상의 선은 물이라고 했는데…….

그녀는 왜 물을 거슬러 올라가는 것일까. 올라가기 위해 올라가는 것일까. 내려가기 위해 올라가는 것일까. 아니면 돌아가기 위해 올라가는 것일까. 바로 가기 위해 올라가는 것일까. 그녀는 지금 어디를 향해 가는 것일까.

천주교 신자로서 산골 두메의 낯선 풍경으로 들어가는 그녀의 얼굴은 상기되어 있다. 스님을 만나도 인사보다는 부끄러움이 앞선다. 법당 앞을 서성이면서도 용기보다는 수줍음이 먼저 일어난다. 삼가로움이 앞선 예의의 또 다른 모습이리라. 가정에서나 사회에서 인정받고 싶어서 앞만 보고 달려온 인생이란다. 헌데 왜 새삼스럽게 자신을 돌아보는 것일까.

생에 무슨 특별한 호사가 있다고, 그냥 그렇게 앞만 보고 달려가면 그만인 것을. 지나간 과거의 잔영들이 눈에 밟히고 다가오지 않은 미래의 희망들은 사라지고 현재의 삶마저 성에가 껴 보이지 않는다면……. 허나 어찌하랴. 과거의 아픔도 현재의 거름이 될 수 있다면 미래의 불안은 사라지고 조금은 여유로워질 수 있으련만. 사람들은 어쩌면 부질없는 줄 알면서도 스스로 거미줄을 만드는 것인지도 모르겠다. 비 오는 월요일의 강물을 거슬러 올라가는 그녀는 자신을 새롭게 분만하려는 한 마리의 연어인지도 모른다.

더불어 살아가는
소중한 생명

"스님, 우리 아들은 고기가 없으면 아예 밥을 안 먹어요."

몸집이 비대해진 아들을 걱정스러운 눈으로 바라보며 어머니가 넌지시 말을 건넨다. 내가 봐도 조금 걱정스러운데 어머니의 심정이야 오죽하겠는가. 아들을 데리고 절에 들어온 이유도 며칠이라도 고기 좀 먹지 않게 하려고 데려온 것이다. 고기를 먹어도 너무 많이 먹어서 어찌해야 좋을지 모르겠단다. 난감해하는 어머니의 모습을 바라보며 불현듯 우화 한 토막이 생각났다.

어느 날, 나그네가 산길을 가고 있었다. 헌데 호랑이가 웅덩이에 빠져 있는 것이 아닌가. 호랑이는 나그네를 보자 살려달라고 애원했다. 나그네는 머뭇거리지 않을 수 없었다. 감히 다른 동물도 아닌 호랑이를 살려줄 엄두가 나지 않았던 것이다. 오금이 저려서 차마 발이 떨어지지 않았다. 그러나 주림에 시달린 호랑이는 나그네의 연민을 자아내기 위하여 눈물로 하소연했다.

헌데 참으로 오묘한 것이 인간의 마음이던가. 죽어가는 호랑이를 보며 측은지심이 발동한 나그네는 차마 외면하지 못하고 호랑이를 구해주는데, 허나 이를 어쩌랴. 상대는 주림에 시달려 피골이 상접한 호랑이가 아닌가.

먹을 것 말고는 눈에 뵈는 것이 없는 호랑이는 다짜고짜 나그네를 잡아먹으려 덤벼들었다. 그러자 이번에는 나그네가 호랑이에게 살려달라고 애원했다. 호랑이는 주린 배를 움켜잡고 방금 전 자신을 살려준 나그네가 살려달라고 애원하자 차마 잡아먹지 못하고 주춤거렸다.

사람들은 동물의 세계를 오해하는 경우가 많다. 예부터 동물들이 인간보다 더 은혜를 깊이 생각한다는 말이 있지 않던가. 특히 호랑이는 슬기롭고 지혜롭고 용맹스럽고 효성이 지극하고 문무를 겸비했다고 고전에서 예찬하지 않던가. 호랑이는 결국 나그네에게 한 가지 조건을 제시하고, 그 조건을 받아들이면 살려주겠노라고 말했다. 나그네는 안도의 한숨을 내쉬며 그 조건을 물었다.

그러자 호랑이는 "이 땅에 존재하는 모든 생물 중에서 너를 살려주라고 하는 생물이 있으면 살려주겠다"고 했다. 선택의 여지가 없던 나그네는 우선 살아야 한다는 마음에 흔쾌히 그러겠노라 약속했다. 그러자 호랑이가 지나가는 소에게 물어보았다.

"소야, 내가 저 나그네를 살려줘야 하겠느냐 잡아먹어야 하겠느냐?"라고 묻자 소가 슬픈 눈동자를 부라리며 나무라듯 호랑이에게 호통을 쳤다.

"야! 이놈아, 너도 생각을 해봐라. 저놈들은 우리를 쇠망치로 쳐서 죽이고, 온몸을 갈기갈기 찢어서 지져 먹고, 볶아 먹고, 삶아 먹고, 고아 먹는 것도 모자라 그 가죽까지 벗겨 가방이나 신발을 만드는데, 어떻게 저런 놈들을 살려줄 수 있느냐!"

호랑이는 물론이고 지켜보던 나그네도 망연자실해 말을 잃었다. 이번에는 호랑이가 나무에게 물어보았다. 그러자 나무는 기다렸다는 듯이 대답했다.

"저놈들은 톱으로 우리의 온몸을 토막 내고, 껍질을 벗기고, 도끼로 찍어 죽이고, 사지를 절단하고 그것도 모자라 태워서 한 줌의 재로 만들어버린다. 저렇게 모진 놈들은 도저히 살려줄 수 없다."

호랑이가 이번에는 물고기에게 물어보았다.

"저놈들은 낚시로 우리의 입을 찢어버리고, 구워 먹고, 지져 먹고, 삶아 먹고 그것도 모자라 시퍼런 회칼로 발버둥 치는 우리를 썰어서 씹어 먹을 만큼 잔인한 존재들이라 도저히 살려줄 수 없다"고 말했다.

나그네는 입이 열 개라도 할 말이 없었다. 듣고 보니 틀린 말이 없지 않은가. 그는 아무런 생각 없이 살아 있는 생명을 살육해온 인간들에 대해 새삼 전율했다. 만물의 저주 대상이 인간이다. 지구상에 존재하는 생물 중에서 인간을 저주하지 않는 생물은 단 하나도 없으리라.

그렇다면 만약 이 지구상에 인간보다 더 강한 생명체가 태어난다면 과연 인간의 운명은 어떻게 될 것인가. 아마도 인간들은 냉동실에 저장되어 있어야 할지도 모른다.

세상을 살아가기 위해서 고기를 안 먹을 수야 없겠지만, 조금 덜 먹을 수 있다면 그 자비 공덕으로 좀 더 많은 생명이 평화를 누릴 수 있으리라.

자비와 사랑은 하나

선암사의 새벽 예불 시간. 템플스테이 참가자 중에는 가끔 대웅전 밖을 서성이는 사람들이 있다. 또 어떤 이들은 법당에는 들어오지만 절은 하지 않고 앉아 있는 경우도 있다. 물론 흔한 일은 아니지만 이런 사람들은 대부분 천주교나 개신교를 믿는 사람들인데, 그중에서도 개신교를 믿는 사람들이 대개 그러하다.

그들이 기독교인으로서 절에 와 새벽 예불 시간에 법당까지 들어올 수 있다는 자체가 본받을 만한 용기라고 하겠다. 하지만 모두가 엄숙하게 예불을 드리는데 혼자 산만하게 두리번거린다는 것은 호기심을 감안하더라도 조금 민망하게 느껴졌다.

하긴 성당이나 교회에 다닌다는 명목으로 부모님의 장례나 제사 문제로 형제간에 반목하는 사람들도 있더라니만. 그러고 보면 종교도 귀에 걸면 귀걸이가 되고, 코에 걸면 코걸이가 되며 순기능보다도 역기능이 많은가 보다.

성경의 십계명 중에는 '나 외에 다른 신을 섬기지 말라'는 말이 있다. 또 '우상을 만들지 말라'는 구절도 있다. 계율이란 그 종교를 믿는 사람들이 지켜야 할 금기 사항이다. 그런데 정작 세상을 살다 보면 계율 중에서도 까다로운 부분은 지키기가 쉽지 않다.

부처님은 당시 인도 사회에서 신성시되던 신분제도나 신에게 바치는 제의 의식 등이 인간에게 무익하고 공허하다는 것을 일깨워주셨다. 그리고 오직 자기 성찰만이 모든 속박에서 벗어나는 길임을 가르쳐주셨다. 이렇게 진보적이고 현실적인 가르침을 주신 부처께서 오늘날 왜 기복祈福의 대상이 된 것일까.

그것은 누군가에게 기대고 싶고 위로받고 싶은 인간의 나약한 마음이 만들어낸 것이 아닐까. 그래서 같은 종교라도 나라마다 양상이 조금씩 다르게 전개된다. 불교의 예만 보더라도 인도에서 시작된 불교가 그리스로 가면 그리스식 불교가 되고, 중국으로 가면 중국식 불교가 되고, 티베트로 가면 티베트식 불교, 미얀마로 가면 미얀마식 불교, 한국에 오면 한국식 불교가 된다.

불교가 처음 이 땅에 들어왔을 때 이미 우리 사회에 고유한 신앙이 있었으니, 그것이 바로 무격신앙이다. 우리는 먼 과거부터 무엇인가를 대상으로 빌어왔다. 마치 그 대상이 길흉화복의 주재자인 양 숭배하면서 재물을 바치고 소원을 빌었다.

우리의 민속 신앙 가운데는 가뭄이 들면 비를 부르는 기우제가 있고, 뱃길과 어민의 무사와 풍어를 비는 용왕제가 있으며, 집을 짓거나 무덤을 세울 때는 터줏대감인 토지신에게 축문을 올리고 배례를 하는 개토제 등 수많은 제와 굿이 있다.

또한 지금도 시골집 안방에는 조상신이 있고 마루, 마당, 뒤란, 측간, 부엌, 장독대, 대문 모두 각기 담당하는 신이 있으며 대문을 벗어나면 마을을 수호하는 성황당, 당산목, 천신, 지신, 해신, 산신 등 많은 신이 있다.

자동차를 사면 정신을 똑바로 차려 운전을 잘해야지 왜 고사를 지내는가. 고사를 지낸다고 일어날 사고가 안 일어나겠는가. 헌데도 고사를 지내는 이유는 그런 액운을 물리치는 기복적 신앙이 우리 의식 속에 잠재해 있기 때문이다. 고사를 지내지 않으면 뭔가 찝찝한 이유도 그런 연유 때문이다.

이토록 종교란 민족을 통과하면서 그 정신이 많이 훼손되었다. 각 나라의 고유한 문화와 정서에 휩쓸린 것이다. 상황이 이러하다 보니 불교가 이 땅에 처음 들어왔을 때 사람들은 누구랄 것 없이 자연스럽게 부처를 숭배의 대상으로 삼고 수와 복을 빌었다. 기복의 대상으로 삼은 것이다. 다시 말해 부처가 우상이 아니라 우리 국민의 정서가 부처를 우상으로 만든 것이다.

우상이란 기대고 싶고, 의지하고, 매달리고, 붙잡고 싶은 나약한 인간들에 의해 만들어진 꿈속의 꿈일 뿐, 세상은 뿌린 대로 거둔다는 인과의 지엄한 이치가 칼날처럼 시퍼렇게 살아 있지 않은가. 그 길을 가기 위해 마음의 나룻배와 정신의 돛대에 몸을 묶고 사바의 험한 바다를 통과해야 한다는 사실을 잊어서는 아니 될 것이다.

더불어 부처와 예수가 지향하는 세계는 하나며, 자비와 사랑이라는 단어는 인간들이 소통하기 위해 만든 언어일 뿐 그 근원은 하나라는 사실을 알아야 하리라.

사랑은 핑크빛 와인 글라스

소라야, 소라야! 너의 이름을 부르노라니 수평선 너머 먼 바다 이야기가 들려오는 듯하구나. 푸른 파도가 넘실거리는 해변도 그리워지고, 붕~ 하며 떠나가는 의뭉스러운 뱃고동 소리와 갈매기 나는 비릿한 선창도 정겹게 다가오는구나.

소라야, 나에게도 너처럼 큰 귀를 가질 수 있게 해주겠니? 그렇게만 된다면 많은 사람의 이야기도 들을 수 있고, 내 안의 소리에도 귀 기울일 수 있지 않을까. 진정한 대화와 소통은 말로 하는 것이 아니라 상대방의 말에 귀 기울이는 데서부터 시작하는 거란다. 마치 소라가 자신의 큰 귀로 바다 이야기를 듣고 적응하여 살아가듯, 너 또한 너의 이름처럼 큰 귀를 가질 수 있다면 세상 이야기를 듣고 유유자적 걸림 없는 삶을 살아갈 수 있지 않겠느냐.

소라야, 많이 힘드니? 풀이 죽은 모습으로 남자 친구와 헤어진 사연을 이야기하던 너. 비교적 솔직한 마음으로 너의 욕심이 지나쳤던 것 같다고 말하던 너. 아직도 너의 귓가에는 이제 정말 지쳤다면서 떠나간 남자 친구의 말이 맴돌고 있다는데. 힘들겠지만 떠나간 남자 친구는 고이 보내주어야 하지 않겠니?

이미 지나버린 과거는 너에게 쓰디쓴 약이 되리라. 괜스레 미련을 버리지 못하면 너만 구차해지는 거란다. 인간의 마음이 달과 같아서 다가가면 멀어지고 돌아서면 다가온다고 하지 않더냐. 물론 스님이 세속적인 사랑에 대해 뭘 알겠냐만, 나는 사랑이란 받는 것이 아니고 주는 것이라고 알고 있단다.

헌데 사람들이 처음 만나 서로 챙겨주다가 사랑이 무르익다 보면 임의로워지면서 잘해주려는 마음보다 잘해주기를 바라는 마음이 앞서게 되지. 그러다 보면 차츰 의견 대립이 생기면서 피곤해지기도 하지. 그래서 세상을 행복하게 살기 위해서는 '처음처럼'이라는 말을 유념해야 한단다. 그리고 사랑 나무가 꽃을 활짝 피우기 위해서는 일 보 후퇴로 이 보 전진하는 거름이 필요하다는 사실도 잊지 말아라. 그리고 내 비록 부족하지만 너에게 사랑의 메시지를 전해주고 싶구나.

사랑은 가을 하늘처럼 맑고 깨끗하지. 투명하여 겉과 속이 다르지 않고, 비움으로써 충만하고, 절반으로도 차고 넘치지. 핑크빛 와인과 글라스의 조화로 오색 무지개가 피어오르고, 가볍게 부딪히자 감미로운 선율이 흘러나오네. 허나 어찌하랴. 조금만 세게 부딪히면 깨져서 그 서슬에 상처를 입고 마는 사랑. 사랑은 와인 글라스라네. 그리고 근본은 유리라네.

거꾸로 매달린 태극기

언제였던가. 해외순방 중이던 대통령의 정상회담 테이블에 태극기가 거꾸로 놓여서 구설에 오른 것을 본 적이 있다. 어쩌다 중요한 자리에 태극기를 거꾸로 놓았을까. 누가 일부러 그랬을 리는 없고……. 그저 방심이 부른 해프닝이라 생각하고 가볍게 넘어갈 수도 있다.

어차피 사람들이 잘 모르니까 그냥 조용히 지나갈 수도 있겠다. 헌데 태극기는 좀 예외적으로 그런 실수가 자주 발생한다. 태극기 자체에 관심을 기울이지 않으면 그만큼 실수할 가능성이 많다는 것이다.

나는 이 사건을 계기로 문득 이와 유사한 사례가 더 있을

지도 모른다는 생각이 들어 인터넷을 찾아보았다. 그런데 아니나 다를까 우려는 현실로 다가왔다. 거꾸로 매달린 태극기는 삿포로 동계올림픽을 비롯해 국내외 곳곳에서 펄럭이고 있었다. 대통령을 지낸 분이 재임 기간 중 거꾸로 뒤집힌 태극기를 흔드는가 하면 공공기관에 거꾸로 게양된 태극기가 보란 듯이 펄럭이고 있다. 어떤 사람들은 별생각 없이 태극기가 거꾸로 새겨진 모자를 쓰고 다니기도 하고 바다를 가르는 유람선에도 거꾸로 매달린 태극기가 보란 듯이 펄럭이기도 했다.

그렇다면 대체 왜 이런 일이 일어나는 것일까. 물론 이해 당사자들이 꼼꼼히 챙기지 못한 잘못도 있겠지만 그만큼 태극기의 문양이 헷갈리기 때문일 것이다. 태극 문양도 그러하거니와 건곤감리 사괘는 더욱 애매하다. 보통 사람들은 태극기를 정확하게 그리기도 쉽지 않다.

어려운 것은 그뿐만이 아니다. 태극기가 품고 있는 뜻이 아무리 심오해도 정작 많은 국민은 잘 알지 못한다. 마치 한 편의 주역을 설해놓은 듯 어렵기만 하다. 국기란 그 나라의 상징인데 국민이 그 뜻을 모른다면 이 또한 안타까운 일이 아니겠는가.

그런데 나는 정작 태극기를 보면 왠지 연민을 느끼지 않을 수 없다. 일제강점기와 한국전쟁을 거치면서 짓밟힌 민족의 한이 서려 있기 때문일까. 마치 구슬픈 가락이 흘러나오는 듯하다. 그뿐만이 아니다. 태극기 중앙의 태극 문양이 우리의 분단된 모습을 상징한다고 생각하는 것은 나만의 느낌일까. 더욱이 위쪽은 붉은색으로 북한을, 아래쪽은 푸른색으로 남한을 의미하는 듯한 인상이 들어 더욱 그렇다.

태극을 보좌하는 사괘는 둘로, 셋으로, 넷으로, 다섯, 여섯으로 쪼개져 마치 우리 사회의 분열된 모습을 표현한 듯한 착각이 들기도 한다. 물론 이 모두가 고질적으로 골이 깊어진 우리 사회의 갈등에서 비롯되었으리라.

지역감정을 비롯하여 이념적 갈등과 세대 갈등 그리고 계층 간의 갈등 등 우리 사회의 분열 양상이 얼마나 심하면 신성한 태극기를 보면서 그런 생각이 들었겠는가. 그런 생각을 한다는 것 자체가 모순이고 무례지만, 정작 태극기를 앞에 두고 대립하는 우리 국민의 태도가 태극기의 얼굴에 먹칠하는 것이 아닌지 우려된다. 이제 우리는 보다 성숙한 사회로 나아가기 위해 태극기 앞에서 엄숙하게 다짐해야 한다.

'나는 자랑스러운 태극기 앞에 자유롭고 정의로운 대한민

국의 무궁한 영광을 위하여 충성을 다할 것을 굳게 다짐합니다'는 국기에 대한 맹세로, 과거 우리 국민이 태극기 앞에 엄숙히 맹세했던 기도문이다.

우리는 나름대로 태극기를 보면서 다시 한번 자신을 위해 다짐해야 한다. 태극기를 반목과 분열의 갈등에서 벗어날 수 있는 반면교사의 가르침으로 삼아야 한다. 그때만이 일제강점기와 한국전쟁 세대, 군사정권 세대와 문민정부 세대의 4대가 모여 사는 이 땅에 비로소 평화가 깃들 수 있으리라. 모든 국민이 하나 되어 선진사회로 발돋움하는 계기를 마련할 수 있으리라. 아름다운 금수강산도 주인을 잘 만나야 푸르게 빛나듯 새해에는 부디 태극기의 신비한 기운이 누리에 가득 차기를 기대해본다.

우리가 있어야 할 자리

세월호가 침몰하던 날, 하늘은 무너져 내리고 태양은 빛을 잃었다. 세상은 통곡했으며 바다는 핏빛으로 붉게 물들었다. 시퍼렇게 날이 선 바다는 그 도도한 아가리로 세월호를 덥석 덥석 집어삼켰다. 발을 동동 구르며 살려달라고 아우성치는 사람들에게 바다는 보란 듯이 아비규환의 지옥도를 연출했다.

선장과 선원들은 공포에 질린 채 살려달라고 발버둥 치는 어린 영혼들을 철저히 유린했다. 그들 곁에는 아무도 없었다. 신도, 구세주도 없었으며 하느님도 없었다. 그나마 조금 다행인 것은 그 비극적인 내부의 모습을 직접 볼 수 없다는 것이었다. 바다는 삶과 죽음, 천당과 지옥, 하늘과 땅, 생과 사가 뒤엉켜 처절하게 이승과 저승의 경계를 나누고 있었다.

세월호 침몰은 2014년 4월 16일, 인천 연안여객터미널에서 출발해 제주도로 향하던 청해진해운 소속 여객선 세월호가 전남 진도군 병풍도 인근 바다에서 침몰한 사건이다. 승객은 수학여행을 가던 안산 단원고 2학년 학생 324명을 비롯해 모두 476명이었다. 단원고 학생 246명을 포함하여 모두 294명이 사망했고 실종된 10명을 포함해 총 304명이 희생된 대참사였다.

정확한 사고의 원인은 알 수 없지만 보도에 의하면 세월호는 여객선임에도 불구하고 철근 426톤을 비롯해 무려 1,200여 톤의 화물이 더 실려 있었다고 한다. 사람은 속일 수 있어도 바다는 속일 수 없었다. 욕심에 눈이 멀면 보아도 보이지 않고 들어도 들리지 않은 것일까. 사람들은 세월호를 집어삼킨 진도 앞바다를 저주의 바다라고 한다.

그러나 나는 이 말에 동의하지 않는다. 왜냐하면 세월호는 진도 앞바다에 침몰한 것이 아니라 바로 사악한 인간들 마음의 바다에 침몰했기 때문이다. 만약 회장은 회장의 자리에, 사장은 사장의 자리에, 선장은 선장의 자리에, 그리고 종사원은 종사원의 자리에 있었다면 과연 이런 사고가 일어났을까.

모두가 제자리에서 양심껏 일했다면 세월호는 천연덕스럽게 뱃고동 소리를 울리며 무사히 목적지에 도착했을 것이다. 새싹 같은 아이들은 신나게 수학여행을 즐길 수 있었으리라.

불교에서는 '선악善惡이 개오사皆吾師'라고 한다. 즉 선도 스승이요, 악도 스승이라고 가르치고 있다. 선은 그렇게 하라는 가르침이 되고, 악은 그렇게 하지 말라는 가르침이 된다. 그렇다면 우리는 이 끔찍한 악의 모습에서 무엇을 배워야 하는가. 두말할 나위도 없이 다시는 이런 사고가 일어나지 않도록 각성해야 한다는 것이다. 이 악업의 고리를 끊어내야 한다는 것이다.

그러기 위해서 우리는 가슴을 열고 서럽게 죽은 어린 영혼들의 절규를 들어야 한다. 그들의 절규는 처벌보다도 두 번 다시 이런 사고가 일어나지 않도록 해달라는 간절한 울부짖음이 아니겠는가.

책임자를 처벌하고 추궁하는 이유도 모두 내일의 경계로 삼기 위함이 아니겠는가. 그러므로 다시는 이런 사고가 일어나지 않도록 하기 위해 우리는 무엇보다 세월호라는 거울을

통해 자신이 제자리에 있는지 바로 보아야 한다.

어른은 어른의 자리에 있어야 하고 스승은 스승의 자리에 있어야 한다. 정치인은 정치인의 자리에 있어야 하고 공무원은 공무원의 자리에 있어야 한다. 성직자는 성직자의 자리에, 부모는 부모의 자리에 있어야만 한다. 비로소 우리 모두가 제자리에 있을 때만이 두 번 다시 이런 사고가 일어나지 않는다는 사실을 알아야 하리라. 그 길만이 유일한 반성이고 참회임을 명심하자.

누구를 위하여 피를 흘리나

차렷 자세는 군인의 기본자세다. 부동자세로 어떠한 경우에도 움직여서는 안 된다. 벌침을 맞고도 움직여서는 안 되고 독사에 물려도 움직이지 않아야 하며 총알이 날아와도 눈도 깜박여서는 안 된다. 눈을 깜박이는 순간 적이 공격할 수 있기 때문이다. 자칫 눈동자를 움직이거나 한눈을 팔면 자신은 물론이고 국가와 민족의 목이 달아날 수도 있다. 군인은 눈이 살아 있어야 한다.

이글거리는 군인의 눈동자는 벼락처럼 적을 두려움에 떨게 하는 힘이 있다. 포탄보다 강해서 순식간에 적을 제압할 수도 있다. 눈은 군인 정신의 상징이며 아무리 강조해도 지나치지 않는다. 아무리 훈련이 잘된 군인일지라도 군기가 없으면 어찌 되겠는가. 적과 부딪쳐 싸울 의지가 없는데 훈련만 잘되어 있으면 무슨 소용이 있으랴.

군인은 무엇보다 강한 체력과 정의를 향한 굳센 의지 그리고 악을 두렵게 만드는 사자후獅子吼가 있어야 한다. 그래야만 국토를 방위하고 국민의 생명과 재산을 보호하는 책임과 의무를 다할 수 있지 않겠는가. 그러므로 군인의 차렷 자세는 눈동자뿐 아니라 군인의 마음과 정신 그리고 생각까지도 정의감으로 우뚝 선 부동의 자세인 것이다.

헌데 요즘 우리 군인들의 군기가 해이해졌다고 한다. 물론 어제오늘의 이야기는 아니다. 정부에서는 군인들의 사기를 높이기 위해 다양한 정책을 펼치고 있다. 예를 들어 군복무 기간 단축, 대체복무제도 확대, 월급 등 처우 개선부터 부대 내 폭력 근절, 복지 등 다양한 제도를 시행하고 있다.

허나 이런 제도 개선에도 불구하고 정작 군인들의 사기는 좀처럼 나아질 기미를 보이지 않는다. 군대의 힘이 약하면 그 군대는 오히려 적의 호전성을 부추긴다. 군대는 강한 힘을 보유함으로써 사전에 적의 침략 의도를 봉쇄하는 것이다. 싸워서 이기는 것보다 싸우지 않고 이기는 것이 군인의 진정한 명예라고 하지 않던가. 이러한 사정을 아는지 모르는지 우리 군인들은 인권과 군기 사이의 딜레마에 빠져 있는 것 같다.

한 북한 귀순병은 우리 군을 군대 같지 않은 군대라고 말하지 않던가. 심지어 유치원 군대라고 비아냥거렸다고 하니 심히 굴욕감이 든다. 물론 우리의 적이 북한뿐이겠는가마는 정말로 그들의 눈에 비친 우리 군인들의 모습이 그렇게 만만한지 스스로를 돌아봐야 할 것이다.

임진왜란이 끝난 후 유성룡이 쓴 《징비록》이라는 책을 보면 만력 병술년(선조 19년, 1586년) 무렵, 일본 사신 귤강광(다치바나 야스히로)이 국왕 평수길(도요도미 히데요시)의 서신을 가지고 우리나라에 왔다고 쓰여 있다. 그는 우리나라의 정세를 둘러보고 "너희 나라가 망할 것이다. 기강이 이미 허물어졌으니 망하지 않기를 어찌 기대할 수 있겠는가"라고 말했다. 대체 조선국의 모습이 얼마나 한심했으면 일본의 사신이 이렇게 한탄을 하면서 조롱했을까. 나라를 지켜야 하는 군대가 적에게부터 조롱당한다면 어찌 되겠는가.

그렇다면 이런 현상은 어디에서 오는 것일까. 한국전쟁이 일어난 지 70여 년이 지났다. 평화가 너무 길었을까. 아니면 인권이 신장된 만큼 젊은이들은 나약해진 것일까. 한참 중요한 시기에 군대를 가야 하는 안타까운 마음 때문일까. 그도 아니면 미군의 의존도가 높기 때문일까. 물론 그런 이유도 있겠지만 그보다 중요한 이유는 사회 지도층을 바라보는 젊은이들의 시선이 곱지 않다는 것이다. 과거나 현재나 존경받지 못하는 사회는 젊은이들에게 외면받는다.

젊은 세대에게 인사청문회나 각종 언론보도를 통해 비춰진 사회 지도층 인사들의 모습은 매우 부정적이다. 자신의 지위를 이용하여 부정한 방법으로 재산을 모으는가 하면, 유사시를 대비하여 재산을 해외로 빼돌리는 모습은 젊은이들의 분노를 사고도 남는다.

뿐만 아니라 자신은 물론이고 그 자녀들까지도 병역 문제에 있어 자유롭지 못하다. 그러면서도 부끄러움을 모르고 어른만 옳다 하고 대접을 받으려는 것은 아닌지. 이런 어른들의 모습은 젊은이들에게 실망감을 넘어 심한 박탈감과 배신감을 심어주고 더 나아가 군인들의 사기를 떨어뜨리는 원인이 된다.

젊은이들이 과연 그들의 생명과 재산을 지켜주기 위하여 피를 흘리겠는가. 젊은이들에게 존경받지 못한 사회는 결코 군기가 있을 수 없다는 사실을 깊이 인식해야 하리라.

3장

—

나와의 약속을 지키며 살기

나를 바로 세우는 설득력

사람들은 아침에 일어나면 거울을 들여다본다. 거울 속에 내가 있기 때문이다. 사람들은 자신이 자신을 볼 수 없기 때문에 자신을 보려고 거울을 만들었다. 그러나 거울로 자신을 보는 데는 한계가 있다. 거울 속의 나는 내 자신이면서도 내가 아닌, 나의 영인본影印本이기 때문이다. 그래서 우리의 인생을 진면목이 아닌 그림자 인생이라고 하는 것일까.

눈이 손가락 끝에 달렸다면 얼굴을 비롯하여 자신의 모습을 자신이 직접 볼 수도 있으련만, 어찌하여 그 소중한 기능을 하는 눈이 하필이면 얼굴의 절벽에 박혀 있더란 말인가. 그러다 보니 사람들은 바쁜 일상에 쫓기다 보면 종일토록 자신의 모습을 볼 수 없기 때문에 스스로를 의식하지 못하고 살아간다.

이치가 이러하다 보니 눈에 보이지 않는 자신을 관리하기가 쉽지 않다. 자신이 자신을 직접 보지 못하는 눈을 가진 인간의 한계라고나 할까. 그런데 또 다른 한편으로 사람들은 누군가 자신을 관리해주는 것을 싫어한다. 남들은 나를 직접 보기 때문에 내게 조언도 해주고 유익한 말도 해줄 수 있을 텐데, 도무지 남의 말을 들으려 하지 않는다.

본디 인간의 속성이 아무리 좋은 말이라도 남의 충고라면 속부터 뒤틀리다 보니 겸허히 받아들일 마음의 여유가 생기지 않는 모양이다. 무언가 도움을 주려고 말을 꺼내기만 하면 잔소리하지 말라, 참견하지 말라, 간섭하지 말라, 더러는 당신이나 잘하라며 면박을 주기도 한다. 청개구리보다 심한 인간의 반대 심리는 결코 남의 충고를 용납하지 않는다. 그러다 보니 자신이 자신을 관리할 수도 없고, 다른 사람이 나를 관리해줄 수도 없다. 그 사각지대에서 그저 습관대로, 버릇대로, 성질대로 살아갈 뿐이다.

그런데 정말 알 수 없는 것이 인간의 마음이라고 했던가. 자신은 다른 사람이 관리해주는 것을 싫어하면서 정작 자신

은 남을 관리하느라 정신이 없다. 누군가 자신을 관리해주는 것이 싫으면 상대도 내가 관리해주는 것을 싫어할 것이라는 생각은 지극히 당연한 이치가 아니겠는가.

헌데 이토록 간단한 문제가 인간의 반대 심리를 자극하면 오히려 역효과가 난다. 그래서 서로 손가락질하고, 다투고, 시시비비가 일어나고, 폭력적으로 변하고, 헤어지면서까지 오로지 상대 관리에 여념이 없는 것이다. 이 얼마나 커다란 에너지 소비고 아픔이고 낭비고 상처고 파괴인가.

이런 모순에서 벗어나기 위해 불교에서는 자신을 바로 보라고 말한다. 상대를 관리하려는 그 열정을 오직 자신을 바로 보고 관리하는 데 사용하라는 것이다. 자신을 바로 세우면 굳이 소리 지르지 않아도 자신의 바로 선 모습이 그대로 가르침이 된다는 것이다.

그곳에 무슨 말이 필요하며 무슨 시시비비가 있겠는가. 이토록 상대를 관리하기 위해서는 그만큼의 설득력이 필요하고, 그 설득력은 바로 자신이 모범이 되어야 한다는 사실에 있다.

부처께서 깨달으신 후에 중생을 제도하신 뜻에도 그런 의미가 담겨 있지 않은가. 만약에 부처가 깨닫지 못하고 중생을 제도하려 했다면 제도할 수 있었을까? 아마 부처는 중생들의 반대 심리에 부딪혀 어쩌면 파도처럼 산산이 부서졌을지도 모르리라. "당신이나 잘 하세요"라는 말과 함께 손가락질을 받았을지도 모르리라.

거울! 거울을 보되 자신의 참모습을 볼 수 있다면 생을 조금은 가볍게 살아갈 수 있으련만. 세상이 조금은 더 아름다워질 수 있으련만…….

마음으로 하는 공부

먼 과거로부터 생을 부여받아 오늘에 이르기까지 그렇게 만났다 그렇게 헤어진 수많은 사람, 더러는 기쁨이 되고 더러는 슬픔이 되고 더러는 아픔이 되었으리라. 허나 그런 모든 것들도 지나고 보면 부질없는 줄 번연히 알면서도 그때는 왜 그토록 힘들어했을까.

평상심으로 돌아보면 본질보다는 감정의 무게 때문에 아파했다는 사실을 알게 되리라. 그러나 그런 아픔도 나를 가르치는 거름이 될 수 있다면 조금은 더 성숙해질 수 있으련만. 조금은 더 아름다워질 수 있으련만. 우리가 인문학을 배우고, 부처를 배우고, 수행하는 것도 따지고 보면 모두가 마음의 문을 열기 위한 공부가 아니겠는가.

좀 더 높고, 좀 더 깊고, 좀 더 푸르게 살아가기 위한 공부가 아니겠는가. 헌데 우리는 공부를 많이 했는데 정작 공부가 되어 있지 않은 것 같다. 왜냐하면 모든 공부를 머리로 하려는 관념에 사로잡혀 있기 때문이다. 고착화되어 있다.

공부란 머리로 하는 공부가 있고, 가슴으로 하는 공부가 있다. 마음으로 하는 공부가 있는가 하면, 손발이나 온몸으로 하는 공부가 따로 있다. 헌데 우리는 모든 공부를 머리로만 하다 보니 머리만 지나치게 똑똑해졌다. 기형적으로 되어버렸다. 요즘 사람들 도대체 모르는 것이 없다. 지식과 지식이 차돌처럼 굳어져 부딪치면 불꽃이 튄다. 자신의 지식으로 결코 상대의 지식을 용납하려 하지 않는다. 반면에 가슴은 차갑다. 잘못 걸려온 전화 한 통도 너그럽게 받아주지를 못한다.

마음은 닫혔다. 내 입에는 맛있는 음식이 들어가면서 유니세프의 굶어 죽어가는 어린 영혼들이 눈에 들어오지 않는다. 세상은 냉소적으로 되어가고 손발은 한눈팔고, 몸은 게을러져버렸다. 이런 현상이 이 시대를 살아가는 보통 사람들의 모습이다. 그러므로 이제부터라도 공부에 대해 깊이 반성하고 성찰해보자.

공부에 대한 성격을 분명히 알아차리고 마음공부는 마음으로 하고, 가슴 공부는 가슴으로 하고, 손발이나 온몸으로 하는 공부는 손발이나 온몸으로 해야 한다. 그래야만 머릿속도 개운해지고, 마음의 문도 열리고, 가슴은 따뜻해지고, 손발이나 온몸은 한눈팔지 않고 부지런히 살아갈 수 있을 뿐 아니라 자신의 삶이 활짝 꽃을 피울 수 있다.

우리가 산문을 들어서고, 대웅전의 문을 열고 들어가는 것도 모두가 마음의 문을 열고 가슴에 온기를 불어넣기 위한 공부가 아니겠는가. 마음이 열려야 봄이 들어오고 가슴이 따뜻해야 푸릇하게 새싹이 돋아나지 않겠는가. 우리가 푸른 세상에 살면서 푸른 세상을 만나지 못한 것은 그만큼 닫혀 있기 때문이 아니겠는가.

우리 모두 마음의 문을 활짝 열고 봄을 노래하자. 따뜻한 가슴으로 모두가 함께 살아가는 세상을 만들어보자. 부처의 가르침은 머리로 하는 공부가 아니고 심경, 즉 마음으로 하는 공부라는 사실을 잊어서는 아니 될 것이다.

자신을 돌아보는 시간

"스님, 선암사는 가난한 절 같아요."

"그래, 고맙구나. 헌데 본래 절이라는 곳이 유유자적하거늘, 부자 절이 어디 있고 가난한 절이 어디 있겠느냐. 그저 주어진 삶에 자족하고 살면 그만인 것을. 너희 눈에는 비록 가난해 보일지 몰라도 중요한 것은 삶의 가치 아니겠느냐. 내가 삶의 가치를 어디에 두고 사느냐에 따라 삶의 질이 달라질 수 있지 않겠느냐.

그렇다면 스님들의 삶의 가치는 무엇이겠느냐. 바로 수행 아니겠느냐. 그리고 수행의 제일 덕목은 물질에 대한 욕심을 비우는 것이 아니겠느냐. 그래서 절에서는 광주리를 채우는 것을 수확이라고 하지 않고 광주리를 비우는 것을 수확이라고 한단다. 삶의 방편이 그러하기에 스님들은 가난해도 궁핍하지 않으며 없어도 초라하지 않지.

갖고 싶어도 가질 수 없는 마음이 가난인 바에야 물질에 머물러 마음을 내지 않는다면 평안하지 않겠는가. 무소유란 없는 것이 아니요, 있고 없고에 구애받지 않는 마음이며 비우는 것과 채우는 것에 연연하지 않는 마음이란다.

돈을 보고도 갖고 싶은 마음이 없으니 돈이 어찌 내 마음에 장애가 되겠는가. 많이 가진 것이 부자가 아니요, 넉넉한 마음이 부자인 것을. 굳이 본분에 어울리지 않는 화려함은 오히려 자신을 욕되게 할 뿐이란다. 선암사의 대웅전에 소원등을 달지 않는 이유도 선암사는 삶의 가치를 물질에 두지 않기 때문이란다. 우리가 대웅전에 등을 달면 훨씬 수입이 많다는 것을 왜 모르겠느냐.

신도들께서 '스님, 선암사는 왜 대웅전에 등을 달지 않아요?' 하며 못내 아쉬움을 나타내는 이유도 어느 절이든지 대웅전에 등을 달아야 의지가 되고 마음이 든든하기 때문이 아니겠느냐. 대웅전이란 그만큼 그 절을 대표하는 전각이고 신도님들이 믿고 의지하는 부처님이기에 신도들께서는 대웅전에 소원 등을 달고 싶어 하는 거란다.

헌데 선암사에서 그런 신도들의 마음을 알면서도 굳이 대웅전에 소원 등을 달지 않는 이유는 선조사님께 물려받은 아름다운 문화유산을 모든 분들과 함께 공유하고 싶기 때문이란다.

천장에 못을 치고 철삿줄을 늘어뜨리고 등을 달아 대웅전의 미관을 헤쳐서는 안 된다는 마음이 앞서기 때문이란다. 문화재는 우리가 살아도 우리 것이 아니요, 우리는 그저 잠깐 살다가 떠나는 객에 지나지 않기에, 있는 그대로의 모습을 보여드림으로 진정한 가치를 창출할 수 있으리라."

사람들이 절에 오면 모두가 검소한 마음으로 자신을 돌아보는 시간을 가질 수 있는 것도 그런 소박한 마음이 모여 사는 도량이기 때문이 아니겠는가. 그래서 스님들은 가난하게 살면서도 여유롭게 사는지 모르겠다. 돈보다도 절제된 마음들이 모여 사는 세상. 그것이야말로 우리 모두 꿈꾸는 세상이 아닐는지…….

분별없는 부처의 마음

다양한 종교의 사람들이 만나는 공간, 템플스테이. 너는 기독교인으로서 산을 넘고 물을 건너온 귀한 사람이었지. 낯선 불교문화를 통해 생을 들여다볼 줄 아는 열린 사람이었지. 예수의 복음 대신 부처의 법문을 듣고 부처와 예수가 꿈꾸는 세상이 하나라는 것을 알게 되었지. 그렇지 않음이 크게 그러하다는 이치를 깨달아 마음의 평안을 얻으려는 사람이었지.

세상이 누구를 통하여 아름다워진들 무슨 상관이 있으랴. 세상만 아름다워지면 그만인 것을……. 헌데도 사람들은 자신이 믿는 종교를 통하여 세상이 아름다워지기를 바라지. 그러다 보니 그 집착의 마음이 아름다운 세상을 바라보는 데 걸림돌이 되기도 하지. 심지어는 자신이 믿는 종교에 집착한 나머지 상대 종교를 비방하기도 하고 갈등을 유발하기도 하지 않더냐.

그러나 불교는 결코 불교에 집착하지 않는단다. 불교의 대의가 무주무착無住無着이라. 머무른 바도 없고, 집착하는 바도 없다는 의미지. 불교는 결코 한 명의 불자를 만들기 위해 이 땅에 오지 않았다. 그저 이 세상은 본디 아름답더라, 내가 아름다운 눈동자를 가지고 바라보는 세상은 아름답더라는 것을 알려주러 왔을 뿐이란다. 청산은 푸르기만 한데 내가 우울한 눈동자로 바라보니 우울하게 느껴지는 것임을 알려주러 왔을 뿐이란다.

솔아 솔아 푸른 솔아. 저 푸르른 산야를 한번 보아라. 대체 저 산야의 푸르름은 어디에서 오는 것이더냐. 그것은 다름 아닌 분별하지 않는 대지의 마음에서 오는 거란다. 대지는 땅에다 뿌리를 내리는 모든 수목에게 푸르름을 준단다. 화초, 난초, 약초뿐 아니라 잡초, 독초에게도 푸릇한 푸르름을 준단다. 헌데 정작 화초니, 약초니, 독초니 분별하는 것은 대지가 아닌 바로 우리 인간들의 영악한 마음이 아니더냐. 우리가 그것을 분별하고 있는 것이란다.

아무리 좋은 음식도 많이 먹으면 독이 되고, 적게 먹으면 약이 된다. 아무리 좋은 약도 많이 먹으면 독이 되고 적게 먹으면 약이 되는 거란다. 또한 술도 많이 먹으면 독이 되고 적게 먹으면 약이 되며, 심지어는 독도 많이 먹으면 독이 되지만 적게 먹으면 약이 되지.

이렇듯 독과 약은 밖에 있는 것이 아니요, 바로 우리들 마음속에 있는 것이란다. 헌데도 사람들은 독과 약이 마치 밖에 있는 것처럼 너는 독초, 나는 약초 하며 분별 짓는단다. 이렇게 분별하는 한 우리는 결코 푸른 세상에 살면서 푸른 세상을 만나지 못한단다.

스님이 편백나무 숲에서 〈날 구원하신 주 감사〉라는 복음성가를 불러주는 것도, 복음성가가 비록 예수그리스도를 찬양하는 노래지만 복음성가를 불러주는 마음은 분별없는 부처의 마음이기 때문에 가능하지 않았겠니.

부처를 통해서 세상이 아름다워진들, 예수그리스도를 통해서 세상이 아름다워진들 무슨 상관있겠느냐. 세상만 아름다워지면 그만인 것을. 이처럼 부처와 예수가 꿈꾸는 세상은 하나라는 것을 우리는 분명히 알아차려야 하느니라.

본디 경계도 없는 경계 속에 갇혀 사는 우리에게 경험 없는 사고의 공허함을 일깨워준 너는 진정 이 시대의 산이요, 십자가였으니 감사하고 또 감사한 마음이구나.

꼬리에 꼬리를 무는 생각

그녀는 머리가 무겁다. 항상 머릿속이 무언가로 가득 차 있는 느낌이다. 아무래도 허섭스레기 같은 생각의 무게인 것 같다. 대체 무슨 생각이 그리도 많은지 모르겠다.

인간은 생각하는 동물이라는 말이 새삼 무색하다. 어쩌면 그리도 철없는 생각만 하는지 모르겠다. 더러는 부질없는 생각이 떼를 이루며 나를 괴롭힌다.

내 머리는 어깃장을 놓느라 하기 싫은 생각만 골라 하는 것 같다. 정말 생각이란 녀석은 내 것이면서도 내 마음대로 되지 않는다. 마치 내 안에 내 말을 듣지 않는 또 다른 내가 존재하는 것 같다. 아니면 내 머릿속에 불결한 생각의 서식

지가 있는지도 모르겠다. 오늘은 깔따구같이 지악스러운 생각들을 퇴치하기 위해 모깃불이라도 놓아야겠다.

생각이 나를 힘들게 하는 것을 보면 생각에는 좋은 생각과 나쁜 생각이 있나 보다. 건강한 생각과 병든 생각이 있나 보다. 그렇다면 좋은 생각은 무엇이고 나쁜 생각은 무엇일까. 두말할 나위 없이 좋은 생각은 나를 편안하게 하는 생각이고, 나쁜 생각은 나를 괴롭히는 생각일 것이다. 자신을 힘들게 하는 생각을 좋은 생각이라고 할 수는 없지 않은가.

예를 들어 극심한 스트레스 때문에 밤잠을 설친다거나 입맛이 뚝 떨어져서 음식을 먹을 수 없다면 이를 좋은 생각이라고 할 수 없으리라. 뒷골이 당기면서 혈압이 올라가고 가슴이 답답하고 숨쉬기가 곤란해진다면 그야말로 나쁜 생각이 아닌가.

자기 뜻대로 되지 않는다고 매달리다 보면 몸도 마음도 피폐해져서 자칫 우울증이나 공황장애가 올 수도 있다. 내가 나에게 싫어하는 것만 준다면 나는 어느덧 바다 깊숙이 갇혀 질식할 것이고, 사막 한복판에 버려진 채 타 들어갈 것이다.

이렇게 자신을 괴롭히는 생각들을 어찌 좋은 생각이라고 할 수 있겠는가. 이토록 스스로를 힘들게 하는 것은 내가 누구인지를 모르기 때문이며, 내가 무엇을 좋아하고 무엇을 싫어하는지 모르기 때문이다. 그러므로 더 깊은 성찰로 먹구름 같은 생각의 경계를 뛰어넘어야 한다.

정신적으로 시달리다 보면 곧 삶의 의욕을 잃게 될 것이다. 반면에 좋은 생각은 아무리 많이 해도 머리가 맑아지고 즐겁기만 하다. 생각이 맑으면 그 공덕으로 마음에 구속이 없어 평화를 누릴 수 있다.

헌데 인생을 살다 보면 좋은 일만 생기지 않는다. 나쁜 생각일수록 꼬리에 꼬리를 물고 일어나니 감당이 되겠는가. 아무리 비우려 해도 비워지지 않고 발상을 전환하려 해도 언제나 제자리에 맴도는 생각. 생각이 많은 것인지, 그릇이 작은 것인지, 자신이 너무 작은 것에 집착하는 예민하고 소심한 성격인지…….

어떤 사람은 고민한다고 해결될 문제가 아니라며 훌훌 털고 잠도 잘 자더라만. 조금 손해 본다는 셈 치고 그저 이해하고 배려하면 생각의 무게를 좀 덜 수 있으련만……. 천하에는 두 가지 도가 없고 마음에는 두 마음이 없다고 했는데…….

세상을 살다 보면 참으로 인생에는 생각으로 헤아려 알 수 없는 묘한 경계가 있다. 그 오묘한 흐름을 거스르지 않고 묵

묵히 따르는 것이 대의명분이다. 자칫 소아小我에 집착하다 보면 작은 생각에 얽매여 일을 그르치게 된다는 사실을 알게 된다. 그래서 선의 세계에서는 '일체의 생각에서 벗어나 고요한 경지에 이르면 아무것도 하지 않으면서도 못 하는 것이 없다'고 하는 것인지도 모른다.

침묵이라는 우렁찬 음성

흔히 요즘을 '여성 시대'라고 한다. 물론 여성 시대라고 해서 여성의 사회적 지위가 남성보다 월등하게 향상되었다는 의미는 아니다. 다만 사회 진출이나 기여도 면에서 여성이 과거보다 많이 성장했고 무엇보다도 가정에서의 영향력이 커진 것은 부인할 수 없는 사실이다. 그래서일까, 덩달아 여성의 목소리도 커진 듯싶다.

하긴 목소리가 커졌다는 것은 그만큼 위세가 높아졌다는 것을 의미할 수도 있으리라. 어찌 되었든 요즘 많은 남성이 가정적으로 변한 것 같다. 왠지 한편으로는 기운이 좀 없어 보이는 것 같기도 하나 어떻게 보면 시대가 변하면서 나타나는 당연한 현상인지도 모르겠다.

"스님, 우리 남편은 집에 오면 말을 잘 안 해요. 표정을 보면 뭔가 할 말이 있는 것 같은데, 무슨 일이 있냐고 물어도 피곤하다고 방으로 들어가요. 남들하고는 말도 곧잘 하는 것 같던데 왜 그러는지 모르겠어요. 예전에는 안 그랬는데 요즘 들어 부쩍 말수가 줄었어요"라며 저만큼 떨어져 앉아 있는 남편을 힐끔 쳐다본다.

그러나 남편은 아내가 무슨 말을 하든지 관심이 없는 것 같다. 그저 고개를 숙인 채 뭔가 만지작거릴 뿐이다. 아내의 말을 증명이라도 하는 듯 침묵으로 일관하고 있었다. 그런데 체념한 듯 고개를 숙이고 있던 남편이 좌중을 한번 둘러보더니 아내를 일별하면서 말했다.

"스님, 저도 말을 하고 싶지요. 그런데 어찌 된 일인지 말을 하다 보면 자꾸 아내의 말에 말려들게 돼요. 말꼬리 붙잡고 또 그 말꼬리 붙잡고 말하다 보면 본질은 어디 가고 감정싸움만 하게 되지요. 매사가 이런 식인데 제가 무슨 말을 하겠어요."

상황이 이러다 보니 언제부터인지 점점 말을 안 하게 되더란다. 그러나 분명한 사실은 사람은 말을 한다는 것이다. 말을 안 한다고 해서 말을 안 하는 것이 아니라는 것이다.

말이란 그 속성이 앞으로 하지 않으면 뒤로 하고, 뒤로 하지 않으면 속으로 하게 되어 있다. 헌데 보편적으로 앞으로 하는 말은 대화지만 뒤로 하는 말은 불평불만이 된다. 그리고 체면상 뒤로도 말을 못 할 때는 천생 속으로 말할 수밖에 없다. 겉으로 말을 안 한다고 해서 말을 안 하는 것이 아니다. 남편이 속으로 하는 침묵의 음성을 아내가 듣지 못할 뿐이다.

아마도 남편의 침묵의 음성에는 아내에게 전하고 싶은 간절한 메시지가 담겼을 것이다. 그러므로 이따금 마음을 열고 침묵의 음성에 귀 기울여보자. 마음을 열고 보면 안 보이는 것이 없고 안 들리는 것이 없다고 하지 않던가. 만약에 우렁찬 침묵의 음성을 들을 수 있다면 지금보다 훨씬 아름다운 삶을 살아갈 수 있으리라.

누가 허공이 텅 비었다고 하는가. 비는 오지 않는데 천둥소리는 어디에서 들리는가. 허공과 같이 천둥도 그러하고 천둥과 같이 마음도 그러한 것을…….

대접받은 만큼 돌려주는 몸

모 유명 연예인이 폐암으로 투병 중 사망한 안타까운 일이 있었다. 그는 자신의 건강을 과신하고 평소에 술 담배를 즐겼다고 한다. 헌데 폐암 진단을 받고 나자마자 진즉 담배를 끊지 않은 것을 후회했다. 그리고 금연 전도사가 되어 전 국민에게 담배를 끊을 것을 호소했다.

그는 공익광고에 출연하여 "담배 맛있습니까? 그것 독약입니다"라고 호소하면서 "저도 하루에 두 갑씩 피웠습니다. 지금은 후회가 됩니다. 1년 전에만 끊었어도 말이죠." 하면서 애연가들에게 경각심을 심어주었다.

"국민 여러분, 담배 끊어야 합니다."

이렇게 말하는 그의 모습에는 담배에 대한 회한과 생의 아쉬움이 짙게 배어 있었다. 이토록 건강이란 한번 잃으면 다시 회복하기 쉽지 않다. 몸을 구성하는 수많은 장기 중 어느 하나만 잘못되어도 치명적인 결과를 초래한다. 그래서 건강은 건강할 때 지키라고 하는 것이리라.

헌데도 사람들은 평소 몸이 아프지 않으면 건강한 줄 알고 자신의 건강을 과신한다. 그러다 보니 지나친 과음과 흡연, 과식 등으로 몸을 부담스럽게 한다. 몸에 무리가 가지 않도록 충분한 휴식을 취해야 하는데도 자꾸 힘들게 한다.

그러다 보면 몸에 피로가 누적되고 스트레스가 쌓이다 결국 감당하지 못하고 병이 든다. 그러므로 평소 몸이 보내는 침묵의 음성에 귀 기울여야 한다. 그리고 내가 좋아하는 것을 내 몸도 좋아하는지 알아차려야 한다.

왜냐하면 몸은 대접받은 만큼 행동하기 때문이다. 내가 남도 속일 수 있고 내 양심도 속일 수 있지만 내 몸은 속일 수 없다. 내가 어떻게 살아왔는지 몸은 진실을 알고 있다.

예를 들어 배탈이 났다면 분명히 배탈이 날 것을 먹었을 것이다. 속이 쓰리고 거북하다. 아마 과식을 했거나 과음을 했을 것이다. 어디 그뿐인가, 무리하게 일을 하면 몸살이 나지 않는가. 이토록 몸은 대접받은 만큼 돌려준다.

그러므로 내가 좋아하는 것을 내 몸이 좋아하는지 알아차려야 한다. 그리고 가능한 내가 좋아하는 것보다 내 몸이 좋아하는 것을 해주어야 한다. 자칫 내 몸이 싫어하는 것을 해줄 때 몸은 토라져버린다. 아이들이 원하는 것을 해주지 않았을 때 토라지는 것처럼 토라진다. 몸이 토라지면 일어날 시간인데도 이리 뒤척 저리 뒤척 딴청만 부린다. 할 일은 많고 갈 길은 먼데 팔짱만 끼고 있다.

마음은 저만큼 앞서가는데 몸은 세월아 네월아 따라갈 생각을 안 한다. 무거운 몸을 달래서 이끌고 가야 하니 인생길이 얼마나 피곤하겠는가. 그러므로 내가 좋아하고 즐기고 있는 것을 내 몸도 좋아하는지 알아야 한다.

귀찮고 힘들더라도 운동과 규칙적인 생활, 알맞은 수면과 고른 음식 등으로 내 몸을 관리할 때, 몸은 최상의 상태로 앞장서서 삶을 이끌고 간다는 사실을 꼭 기억해야 한다.

바른길로 인도하는 진리의 빛

"스님, 법당의 부처님은 왜 금색 옷을 입고 계세요? 혹시 금색 옷을 좋아하셨던 분인가요? 아니면 부처님이 생전에 금을 좋아하셨나요? 설마 부처님은 성자신데 금을 좋아하셨을 리는 없잖습니까. 아무래도 그만큼 귀하신 몸이라는 의미인가 봅니다. 아니면 황금 보기를 부처 보듯 하라는 뜻도 되고요."

"참으로 꿈보다 해몽이 더 그럴듯하지 않느냐. 그러나 너무 억측하지 말아라. 아무려면 부처가 금을 좋아해서 금색 옷을 입으시겠느냐. 차라리 네 말대로 황금 보기를 부처 보듯 할 수만 있다면 얼마나 좋겠니.

그토록 욕심 없는 마음들이 모여 사는 세상이야말로 바로 부처가 꿈꾸는 세상이 아니겠느냐. 사실 부처가 금색인 이유는 인간의 마음을 표현해놓은 거란다. 인간의 마음은 본디 금색인데 욕망의 때로 더럽혀진 것이지. 그래서 본래 자신의 색깔을 찾아 떠나자는 의미로 부처를 금색으로 표현해놓은 거란다.

마치 먹구름이 태양을 방해하고 더러움이 맑은 물을 오염시킨 것처럼, 먹구름을 걷어내고 더러움을 물리치는 작업이 곧 수행이란다. 그 수행이 무르익으면 욕망에서 해탈하여 부처처럼 금색 광명으로 찬란히 빛나게 되는 것이란다. 그때가 되면 온누리에 금색 광명이 충만하지 않겠느냐.

경전에는 이곳에서 서쪽으로 십만억불토를 지나면 극락세계가 있다고 하는데 이 극락세계는 금, 은, 호박, 유리 등 수많은 보석으로 되어 있어 무척 장엄하단다. 그것은 그만큼 극락세계에 상징성을 부여한 것으로, 깨달음을 얻은 중생들에게 금색 광명이 충만한 세상은 어디든지 극락세계라는 의미란다.

헌데 금색 광명으로 상징되는 진리의 빛은 일반 빛과는 그 성격이 조금 다르단다. 천체의 주재자가 되는 태양은 모든 생명의 근원인 빛이란다. 태양이 없으면 생명도 없고 존재도

없고 세상은 온통 암흑이겠지. 태양은 누가 뭐래도 전지전능하고 신성한 것이다. 그래서 인간들이 태양을 신으로 섬기기도 하지 않더냐.

허나 부처의 금색 광명은 사람들을 바른길로 인도하는 진리의 빛이란다. 그러므로 진리의 빛은 태양처럼 뜨지도 않고 지지도 않는다. 또한 가까이 다가가도 뜨겁지 않고 멀어져도 춥지 않단다. 어느 곳에서든지 따뜻한 온기를 지니고 있을 뿐이지.

어디 그뿐이던가. 땅속과 깊은 바닷속까지 차별하지 않고 비춘단다. 앞뒤가 따로 없고 좌우 위아래를 분별하지 않으며, 찬란하게 빛나되 눈부시지 않고 그림자 또한 없으므로 사람들은 차별받지 않고 오롯이 진리를 참구參究할 수 있단다. 특히 금을 찾아 내면으로 여행을 떠나는 사람들을 위하여 마음속 후미진 곳까지 속속들이 비춰주신단다.

지금 법당에 모신 부처님은 모든 욕망에서 벗어나 해탈하신 분이기에 금색 광명으로 찬란하게 빛나고 계신 거란다."

이처럼 불교의 교리는 금을 좋아하는 사람들에게 진정으로 행복을 주는 금은 밖에 있는 금이 아니고, 내 마음속에 존재하는 금이라는 사실을 일깨워준다.

꼬리 없는 마구간

말이 마구간에서 달려 나오다 걸려 넘어졌네. 성급하게 나오는 바람에 문턱에 걸려 넘어졌네. 천천히 잘 살피면서 나오지 뭐가 그리도 급했을까. 헌데 엎친 데 덮친 격이라더니 넘어진 말을 구하려고 달려 나오던 말이 또다시 걸려 넘어지고 말았네.

먼저 넘어진 말과 뒤엉겨 뒤죽박죽되었네. 결국은 넘어진 말이 상처를 입고 말았네. 선혈이 낭자한 말이 갈기를 곧추세우고 천방지축 사방으로 달려가네. 발 없는 말이 설도舌刀를 휘두르며 밤사이에 천 리를 달려가네. 뿌옇게 먼지를 뒤집어쓴 말은 사람들을 혼란스럽게 하네.

말에도 악어가죽처럼 질긴 말이 있는지 한 대 얻어맞으면 소화가 안 돼 속이 거북할 때도 있고 체할 때도 있네. 말의 발길질에 걷어차인 사람들은 그대로 나가떨어지기도 하네.

헌데 더 안타까운 사실은 말에도 꼬리가 있다는 것일세. 꼬리가 말에만 있는 것은 아니지만 아무래도 무례하기는 말꼬리만 한 것이 없는 것 같네.

예를 들어, 어린 시절 덧문까지 봉해도 추운 날 방문을 덜 닫고 들어오면 엄마는 으레 "너는 무슨 꼬리가 그리도 기냐" 라고 하셨다. 도둑질도 계속하다 보면 꼬리가 길어서 잡히기도 하고, 평온하던 집안에 묘령의 여인이 나타나 꼬리 치는 바람에 집안이 발칵 뒤집히기도 한다. 조용하던 왕실에 희빈 장씨가 나타나 유혹하는 바람에 조정이 풍비박산이 나고 만 사건도 있지 않은가. 어디 그뿐인가, 〈전설의 고향〉 속에는 백 년 묵은 여우가 꼬리 때문에 들통나지 않았던가.

그러나 꼬리 하면 뭐니 뭐니 해도 말꼬리를 빼놓을 수 없네. 서로 말꼬리를 붙잡고 또 그 말꼬리를 붙잡고 늘어지고……. 본질은 어디 가고 엉뚱하게 말꼬리만 잡고 감정싸움을 하게 되는데, 말꼬리가 올라가니 눈꼬리도 올라가서 시퍼렇게 날이 서네.

그 꼬리를 휘두르니 서로의 가슴에 상처만 깊어지네. 물고기의 꼬리는 유유자적하지만, 사람의 말꼬리는 모질기만 하네. 삶이 피곤해지는 말꼬리, 도마뱀의 꼬리처럼 끊어버릴 수만 있다면 삶을 훨씬 가볍게 살아갈 수 있으련만……. 이제라도 내 마구간에는 꼬리 없는 말을 키워야겠네.

아이가 태어날 때 태를 잘라주어야 하듯 말이 태어날 때 꼬리를 잘라주어야겠네. 꼬리! 꼬리 없는 말이 태어나면 마치 옥동자가 태어난 듯 세상이 훤하게 밝아온다는 사실을 잊지 말아야겠네.

덕으로 다스리는 마음

그녀는 잔뜩 골이 나 있다. 일할 맛이 안 난단다. 직장 상사에게 꾸지람을 들었기 때문이다. 한두 번은 그러려니 넘어갔지만, 자꾸 화를 내니 덩달아 짜증이 났다. 그녀는 자신이 왜 그런 대접을 받아야 하는지 이해할 수가 없다. 그동안 누구한테도 욕먹으며 일하지 않았고 또 그럴 때도 지났다고 생각했다.

그녀가 이 회사에 다닌 지 6년이 되었다. 어느 정도 회사 돌아가는 사정도 알고 요령도 생겼다. 헌데 그런 대접을 받으니 속도 상하고 부아도 치밀어 오르고 민망하기도 하다. 상처받은 자존심은 상사에 대한 증오로 불타고 있었다. 그렇다고 대놓고 맞고함을 칠 수도 없고…….

그러잖아도 이번 인사에서 뜬금없는 부서로 옮겨져 심리적으로 위축된 상태인데, 회사의 처사를 어떻게 받아들여야 할지 아직 마음 정리도 안 되었는데 상사까지 구박하니 혼란스럽기만 하다. 어찌 되었든 자신도 참고 사는 성질이 아니라 이번 기회에 회사를 옮겨야 하나 고민 중이란다.

직장 생활을 하다 보면 흔히 경험하는 일 중 하나가 상사의 꾸지람이다. 아랫사람이 실수하거나 잘못했을 경우 혹은 못마땅할 경우 상사는 부지중에 화를 낸다. 그러면 아랫사람은 상사가 꾸짖으니까 고개를 숙일 수밖에 없다. 그러나 한편으로는 잘잘못을 떠나서 기분이 나쁠 수밖에 없다. 뭐라고 말을 하고 싶어도 변명하고 말대꾸한다는 이유로 오히려 더 역정을 낼까 봐 속으로 삭이며 끙끙 앓는다.

둘 다 화를 내는데 상사는 겉으로, 아랫사람은 속으로 화를 낸다. 윗사람은 겉으로 큰소리를 치는데 아랫사람은 속으로 큰소리를 친다. 자신에게 화를 내는데 좋아할 사람이 어디 있겠는가. 상사 앞에서만 알겠다고 할 뿐 돌아서면 어깃장을 놓고 더 말을 듣지 않는다. 몸은 마지못해 따를지 몰라도 마음은 전혀 따르지 않는다.

그러나 아랫사람이 설령 실수했더라도 격려해주고 손 내밀어준다면 고치지 말라 해도 더 고치고 싶어진다. 더 잘하고 싶은 마음이 든다. 그것이 반대 심리 강한 인간의 마음이다. 헌데 무조건 화부터 내면 아랫사람이 스스로 고치려는 기회마저 박탈해버리는 결과를 초래할 뿐만 아니라 화내는 법까지 가르치는 형국이 된다.

우리나라 사람들이 목소리가 크고 화를 잘 내는 이유는 가정과 학교를 거친 성장과정부터 직장, 일터에 이르기까지 툭하면 화를 내고 나무라는 환경 속에서 살아왔기 때문은 아닐까.

덕이란 앞에 계신 듯 뒤에 계시고, 위에 계신 듯 아래 계시고, 멀리 계신 듯 가까이 계시며, 있는 듯 없고 없는 듯 있으며, 소리 나기 전에 듣고, 보이지 않은 것을 보는 것이라고 했는데. 진정한 윗사람은 아랫사람에게 존경과 신뢰를 받으면서도 못하는 것이 없고 안 풀리는 것이 없다고 했는데. 그래서 덕으로 다스리면 무량한 공덕이 있다고 하는 것일까.

도려내야 하는 마음의 종기

우리는 몸이 아프면 병원에 간다. 요즘은 워낙 의료보장 제도가 잘되어 있어서 그런지 툭하면 병원에 간다. 병은 조기에 발견해야 한다고 정부에서는 개인의 건강검진까지 챙겨주니 정말 세상이 많이 좋아졌음을 실감한다.

그래서 흔히 요즘을 100세 시대라고 하지 않던가. 한 번 왔다 가는 인생, 가능하면 건강하게 살다 가는 것이 아니 좋겠는가. 헌데도 이 건강이라는 문제는 마음대로 되지 않는다. 그래서 몸에 병이 들면 병원에 갈 수밖에 없다. 어떤 사람은 바쁘다고 미루다가 못 견딜 정도로 아파야 만사를 제쳐놓고 병원에 가기도 하고, 작은 병원은 미덥지 못하다고 큰 병원으로 가기도 하더라만. 아마 의료사고나 오진으로 낭패를 볼 경우가 있어서일 것이다.

어찌 되었든 의사와 마주 앉으면 아픈 곳을 말해야 하는데, 말로 표현하는 데 한계가 있어 정확하게 전달하기 힘들다. 설령 분명하게 전달했다고 할지라도 의사는 정확히 확인해야 해서 여러 가지 검사를 할 수밖에 없다.

피검사를 비롯해, 소변검사, 엑스레이, 초음파검사, CT, MRI 등 상황에 따라 다양한 검사를 해서 환자의 상태를 정확하게 파악해야 한다. 환자는 불편하고 비용이 발생하더라도 따를 수밖에 없다. 그것만이 고통에서 벗어나는 길이기 때문이다.

그런 다음 결과에 따라 약물 치료가 필요하다면 약물로 치료하고, 주사 치료할 것은 주사 치료하고, 수술이 필요한 경우에는 수술을 하고, 도려낼 것은 도려내야 한다. 그래도 안 되면 결국 생명까지 위협받는데 그러나 이것은 형상 있는 것, 즉 몸이 아플 때의 이야기다.

그렇다면 또 하나의 나, 즉 형상 없는 것이 아플 때는 어떻게 해야 할 것인가. 예를 들어 생각이라든가 마음, 의식이나 기억, 정신이라든가 그 배경이 되는 영혼이 아플 때는 어떻게 해야 하는가. 답답한 마음과 밤잠을 설치는 고민, 극심한 스트레스는 어떻게 치유해야만 할지. 몸이 아프면 병원에라도 갈 수 있지만 이 형체 없는 생각이나 마음의 상처는 어떻게 해결해야만 하는가.

어디 가서 내 마음을 피검사 하고 엑스레이를 찍어볼 것인가. 어디 가서 파랗게 멍든 시린 가슴을 검진해볼 것인가. 어디로 가서 아픈 육신을 치유하듯 내 마음의 상처를 치유할 것인가.

물론 정신과 진료나 심리 상담도 있겠지만 이 부분은 육신과 달리 자신의 의지가 중요하다. 왜냐하면 자신을 힘들게 하는 문제점이 무엇인지를 알더라도 벗어나기 쉽지 않기 때문이다. 흐름을 따르되 흐름에 물들지 않고 거울에 비추되 거울처럼 물들지 않는다면 편안하겠지만……. 괜스레 우유부단하게 벗어나려 하다가는 오히려 강박에 시달린다는 사실. 그래서 비우는 것도 단호해야 하고 내려놓는 것도 철저해야 한다.

매처럼 예리한 눈으로 자신을 관찰하고 독수리처럼 날카로운 부리로 아픔의 원인을 쪼아야만 한다. 육신의 종기는 직접 도려내지 못하더라도 병원에서 도려낼 수 있지만 마음의 종기는 그럴 수가 없지 않은가. 허나 분명한 사실은 어떤 수단과 방법을 동원하더라도 분명하게 도려내야 한다는 것이다.

그래야만 고통에서 벗어날 수 있고 더 나아가 생명을 보전할 수 있지 않겠는가. 그래서 불교에서는 고통의 근본을 다스리기 위하여 본디 내 마음은 허공처럼 텅 비었을 뿐, 괴로움의 원인이 되는 번뇌 망상은 잠시 일어났다 사라지는 뜬구름 같은 것이라고 했는지도 모른다.

흔들리는 것은 마음

'나무는 고요하고 싶으나 바람이 가만히 놔두지 않는다.' 모 인사가 대통령 선거에 출사표를 던지면서 했던 말이다. 이 말은 자신은 별생각이 없었는데 주위에서 자꾸 권유하는 바람에 출마하게 되었다는 말이기도 하다.

하긴 대통령 선거라는 것이 어디 예사로운 일이던가. 주위에서 폭풍처럼 일어나 지지해주어도 선뜻 받아들이기 어려운 일이 아닌가. 물론 전략상 다분히 의도된 발언이라도 대통령이라는 직책을 수행하기 위해서는 바람 앞에 흔들림이 없어야 하고 때로는 바람을 호통쳐 꾸짖는 용기도 필요하리라.

어찌 되었든 이분은 스스로 바람이 되어 국민의 마음을 흔들어보려 했으나 바람을 일으키지 못하고 결국 바람 앞에 등불처럼 중도 사퇴했다.

이처럼 우리는 세상을 살아가면서 무언가 선택해야 할 때가 있다. 자칫 주춤거리며 망설이다가는 중요한 때를 놓치고 만다. 그러므로 가능하면 작은 일일지라도 평소에 분명한 자세를 취하는 것이 생활화되어야 삶에 도움이 된다.

흔들리는 것은 마음이더라. 어느 날 인종 법사가《열반경》을 강의할 때 마침 도량의 깃대에 매달린 깃발이 흔들리는 것을 보았다. 그러자 한 학인 스님이 깃발을 가리키며 "야! 깃발이 흔들린다"고 말하자 옆에 있던 학인 스님이 수업 중에 한눈파는 스님이 못마땅하다는 듯 힐끔 쳐다보며 "저건 깃발이 흔들리는 것이 아니고 바람이 부는 거야"라고 토를 달고 나섰다.

헌데 참으로 묘한 게 인간의 마음이라고 했던가. 잔잔히 흐르던 물이 장애물을 만나면 급류가 되듯 인간의 심리는 반대를 만나면 갑자기 강해지는 습성이 있다. 처음 말을 꺼낸 스님이 "아니야, 저것은 깃발이 흔들리는 거야"라고 되받아치자, 심기가 불편해진 옆 스님이 "아니야, 바람이 부는 거야"라며 퉁명스럽게 받아쳤다.

결국 두 스님은 흔들리는 것이 깃발인지 바람인지를 두고 옥신각신 다투었다. 그러자 옆에서 이를 조용히 지켜보시던 스님께서 한심하다는 듯 혀를 끌끌 차며 다음과 같이 말씀하셨다.

"이놈들아! 그것은 깃발이 흔들리는 것도 아니요, 바람이 부는 것도 아니다. 다만 너희들 마음이 흔들리는 것이니라."

마음, 마음, 마음, 대저 인간의 마음이란 무엇일까. 하루에도 수없이 변하는 인간의 마음을 마음은 알고 있을까. 《무문관》 제 29칙에 비풍비번非風非幡, '흔들리는 것은 바람도 아니요 깃발도 아니요 오직 마음이더라.' 즉 마음이 일어나지 않으면 바람도 불지 않고 깃발도 흔들리지 않는다는 말씀. 바람 잘 날 없는 세상을 살아가는 우리가 한 번쯤 새겨들어야 할 말씀이 아닌가 싶다.

도로 위의 저승사자

불과 20~30년 전까지만 해도 우리나라에 자동차가 이토록 많지 않았다. 헌데 지금은 자동차 홍수 시대라고 한다. 자동차공해라고 하면서 도로마다 자동차로 몸살을 앓고 있다. 자동차가 많아지며 차 사고도 끊이질 않는다.

분주한 도심부터 대형 사고를 유발하는 고속도로까지 유형도 다양하다. 정부에서는 교통사고를 줄이기 위하여 다양한 방법을 동원하고 있지만 좀처럼 줄어들 기미가 보이지 않는다. 운전자는 달리는 자동차가 순간적으로 얼마나 위험한 물건인지 인식하지 못 하는 것 같다.

교통사고가 남의 일이 아닌데 우리는 정작 남의 일인 것처럼 여기며 운전대를 잡는다. 이런 불감증이 교통사고를 유발하는 요인으로 작용하는 것은 아닐까. 자동차가 귀하던 어린 시절, 쌍암 장터에서 선암사까지 20리나 떨어진 길을 걸어 다니곤 했었는데…….

지금 우리는 자동차를 타고 어디를 향해 달려가는 것일까. 그러고 보면 세상이 계절처럼 너무 빨리 변하는 것 같기도 하다. 후손들이 누려야 할 세상을 우리가 마치 가불한 것처럼 당겨 사용하고 있는지도 모르겠다. 미래의 두뇌를 가진 자들이 너무 빨리 이 세상에 나온 것은 아닌지.

며칠 전 우연히 본 신문 기사에 작년 한 해에만 우리나라에서 무려 3,081명이 교통사고로 목숨을 잃었다고 한다. 하루에 평균 10명 정도가 목숨을 잃은 셈이다. 그뿐만이 아니다. 목숨을 잃지는 않았어도 치명적인 상처를 입고 살아가는 사람들은 얼마나 많은가. 교통사고 후유증으로 생과 사의 갈림길에서 헤매고 있는 사람들은 또 얼마나 많은가. 우리나라가 이러한데 세계적으로는 얼마나 많은 사람이 교통사고로 희생되었을까.

지금까지 자동차 사고로 목숨을 잃거나 부상당한 사람들의 수를 헤아려보면 차라리 자동차와 전쟁을 치르는 중이라고 해도 과언이 아니겠다. 모든 운전자가 자신도 모르는 사이에 피해자인 동시에 가해자로서 예비 테러리스트 목록에 오르는 것 같은 착각이 든다.

음주 운전 테러와 졸음운전 테러, 과속운전 테러와 분을 삭이지 못하고 일어나는 보복 운전 테러에 이르기까지. 자동차를 둘러싸고 일어나는 수많은 사건 사고는 그야말로 전쟁 같다는 생각이 든다.

대중매체들은 매일같이 안타까운 교통사고 소식을 전해주고 있다. 그런데 많은 사람이 입을 모아 말하기를, 멀쩡한 사람도 운전대만 잡으면 변한다고 한다. 유순한 사람도 운전대만 잡으면 모두 전사가 되고 가족도 못 알아본단다.

대체 어떻게 그런 현상이 일어날 수 있다는 말인가. 혹시 운전석에 눈에 보이지 않는 귀신이라도 붙어 있는 것일까. 하긴 그럴지도 모르겠다. 그동안 얼마나 많은 사람이 운전석을 통해서 죽어갔는가. 멀쩡한 사람들이 돌변하는 것을 보면 운전석에는 분명히 억울하게 죽은 사람들의 저주가 붙어 있을지도 모른다. 그렇지 않고서야 어찌 성인군자 같은 사람이 운전석에만 앉으면 헐크처럼 돌변하겠는가.

어쩌면 2,600년 전, 인도에 자동차가 있었다면 부처께서는 탄생하지 않았을지도 모를 일이다. 그러고 보면 자동차는 사람을 위해 만든 것이 아니요, 저승사자를 위해서 만든 것인지도 모르겠다. 저승사자가 임무를 신속하게 진행할 수 있도록 편의를 제공하려고 말이다.

저승사자는 그야말로 시도 때도 없이 도로를 질주하는 자동차 앞에 나타나 사람을 잡아가지 않는가. 도로뿐 아니라 지하철과 철도, 바다와 하늘 그리고 먼 우주까지 위성이 날고 있으니 저승사자가 얼마나 분주하겠는가.

정신 똑바로 차리고 운전하지 않으면 자칫 포식자 같은 저승사자의 공격 대상이 될 수도 있으리라. 사람들의 필요에 의해 태어난 자동차가 공포의 대상이 된 세상. 자동차가 있어 편리하게 누리고 살면서 고작 저승사자의 춤사위에 놀아날 수는 없는 노릇 아닌가.

사람이 저지른 일은 사람이 풀어야 할 숙제이기에 이제 그대가 운전석에 앉거든, 잠시 마음을 가다듬어보자. 운전석은 여유롭게 한눈이나 팔고 잡담이나 나누는 커피숍이 아니다. 최전선에서 초병이 경계근무를 서듯 정신을 바짝 차리고 긴장해야 한다.

이제부터 운전석에 앉으면 자신이 지금 운전 중임을 환기

해보자. 오늘도 사고가 나지 않도록 바르게 운전하겠노라고 자동차와 한마음이 되어보자. 내친김에 잠시 묵념으로 운전석에서 억울하게 죽은 사람들의 넋을 달래주는 것도 사고로부터 자신을 지키는 주문이 되리라. 어쩌면 그것이 우리가 운전석의 저주에서 벗어나는 유일한 길일지도 모르겠다.

—

몸이 머무는 곳에
마음이 머물고

해가 중천이다. 헌데도 눈을 뜰 수 없다. 눈꺼풀이 무겁다. 회사에 늦겠다는 엄마의 아우성이 아련하게 들려온다. 엄마의 잔소리에 이불을 더 뒤집어쓴다. 친구처럼 독립해서 나가 살든지 해야지 엄마 등쌀에 못 살겠다. 괜스레 눈도 뜨기 전부터 만만한 엄마를 향해 입이 투덜거린다. 이리 뒤척 저리 뒤척 못내 아쉽다는 듯 마지못해 눈을 뜬다.

아침도 거른 채 회사로 향하는 발걸음이 무겁기만 하다. 지하철보다도 더 긴 한숨이 절로 나온다. 마치 어딘지도 모르는 터널 속으로 한없이 빨려 들어가는 기분이다. 요즈음 부쩍 이러저러한 이유로 회사에 나가기가 싫다. 회사로 가는 길이 이토록 가시밭길인데 그동안 어떻게 다녔는지 신기하다. 계속 이렇게 살아가야 하는지도 고민이란다. 뭔가 새로운 돌파구가 필요한 것 같기도 한데 대책이 떠오르지 않는다.

세상의 모든 것은 내가 이유라고 생각하면 이유가 된다. 반면에 내가 이유가 아니라고 생각하면 이유는 하나도 없다. 참으로 인생사 마음먹기에 달렸다는데 워낙 슬럼프라 달랠 생각도 못하고 그냥 내가 나를 보쌈을 하여 둘러메고 가는 형국이다. 상황이 이쯤 되다 보니 회사에 출근해도 일이 손에 잡히지를 않는다.

마음은 콩밭에 가 있다 보니 뭔가 일을 해도 능률이 오르지 않는다. 얼굴이 밝아야 하는데 뭔가 못마땅하다는 듯 표정이 어둡고 시무룩하다. 표정이 어둡다 보니 말도 덩달아 어두워 나오느니 푸념이요 불평불만이다. 어두운 눈으로 바라보는 세상을 살다 보니 백주에도 길을 잃고 방황한다. 벼랑 끝을 서성이는 나는 지금 어디로 가고 있는 것인가.

세상에서 가기 싫은 길을 가는 것처럼 힘든 일도 없다. 하기 싫은 일을 하는 것처럼 스트레스받는 일도 없다. 마음이 있는 곳에 길이 있다고 했는데 마음이 없으니 길도 없다. 길 없는 길을 가야만 하는 나그네의 인생길이 편할 리가 없다.

이왕지사 가야 할 길이라면 길 없는 길보다는 길 있는 길을 가야 하는데 사방을 둘러봐도 길이 보이지 않는다. 이 일을 정녕 어이해야 하는가.

그러나 곰곰이 생각해보면 전혀 해결책이 없는 것도 아니다. 먼저 깨달아야 할 것은 나를 구성하고 있는 몸과 마음의 상호작용이다. 언제 어디서나 무엇을 하든, 어디를 가든 몸과 마음이 서로 힘을 합쳐야 한다. 공부할 때나 일을 할 때도, 회사를 갈 때나 시댁을 갈 때라도 몸과 마음이 함께 움직여야 한다. 왜냐하면 몸과 마음이 멀어지면 멀어질수록 삶은 무겁고, 가까워지면 가까워질수록 삶은 가벼워지기 때문이다.

언제나 몸이 머무는 곳에 마음이 머물고 마음이 머무는 곳에 몸이 머물면 그만큼 삶을 가볍게 살아갈 수 있다. 몸과 마음이 서로 동행이 되어 밀어주고 당겨주면서 살아갈 수 있다면 그만큼 인생은 살 만한 가치가 있으리라.

불교에서는 몸과 마음이 하나라고 한다. 하나 속에 모두가 있으니 몸이 곧 마음이요 마음이 곧 몸이라고 한다. 그래서 모든 중생은 애초에 삶의 고통에서 벗어나 있으니 그 이치를 분명히 깨달아 삶의 질을 높여보라는 것이다. 이따금 인생길이 힘들고 지칠 때는 그냥 힘들어하지만 말고, 몸과 마음과 삶의 무게의 역학 관계에 대하여 성찰의 시간을 가져보는 것도 삶을 지혜롭게 살아가는 하나의 방법이 아닌가 생각해본다.

상대방을 미워하고 원망하는 이유

북한의 막말은 정평이 나 있다. 우리나라를 비롯하여 일본이나 미국 등 이해관계의 당사자들이 자신들의 심기를 조금만 건드려도 원색적인 비난을 퍼붓는다. 특히 미국에 대한 그들의 적개심은 용광로처럼 식을 줄을 모른다. 아마도 6·25를 비롯해서 주한미군 등 오래전부터 쌓여온 한이 있으리라.

아무리 그렇더라도 품위 없는 그들의 화법은 타의 추종을 불허한다. 그들은 말을 할 때마다 입에서 수천수만의 비수와 도끼와 화살이 튀어나온다. 말 폭탄 제조 기술에 관한 한 미국은 북한의 적수가 되지 못하며, 아무리 세계 제일의 군사력을 자랑하는 미국이라 할지라도 북한의 말 폭탄 앞에서는 속수무책으로 당할 수밖에 없다. 그렇다고 북한이 입만 살아서 까부는 것은 아니다.

미국을 상대로 군사적 도발 행위도 서슴지 않는다. 체면이 구겨질 대로 구겨진 트럼프가 미국 대통령에 당선되자마자 목에 힘줄을 세우고 나섰지만 통할 리가 없다. 미국은 북한이 까불면 무슨 사단이라도 낼 것처럼 떠들더니 변변한 대응도 못한 채 이제는 오히려 북한의 비위를 맞추기에 급급하고 있다.

그렇다면 미국은 정말로 북한이 비난하는 것처럼 나쁜 나라인가. 지구상에서 사라져야 할 악의 집단인가. 그러나 북한에게 그런 것은 중요하지 않다. 왜냐하면 좋은 나라든 나쁜 나라든, 선이든 악이든 그런 것은 오직 자신들이 규정지으면 그만이기 때문이다. 자신들이 살아남기 위해서는 오직 정의의 이름으로 그들을 응징해야 한다.

그리고 그 사명이 다하는 날까지 북한 주민들이 힘을 모아 영웅적 투쟁을 계속해야 한다. 만약에 미국이 선이고 정의라면 북한은 그들을 응징할 명분이 약화되는 것이다. 명분에서 밀리면 전투력은 상실되고 그들은 결코 미국의 심장에 총알을 박을 수 없다.

헌데 이런 행위는 굳이 북한에만 국한되는 문제는 아니다. 어느 정부나, 집단 혹은 단체 등은 자신들의 이익에 반하거나 체제를 부정하는 자들에게 죄를 뒤집어씌워 응징하려 한다. 선의 이름으로 악을 응징하는 것처럼 조작해서 여론을 호도하려 한다. 어쩌면 보통 사람들의 삶도 여기에서 크게 벗어나지 않는 것 같다. 사람들도 자세히 관찰해보면 의외로 잔인한 면을 가지고 있다.

왜냐하면 자신과 사이가 안 좋거나 미운 사람이 있으면 그 사람을 나쁜 사람으로 규정하려 한다. 그리고 자신과 가까운 지인들에게 그 사람을 미워하는 이유를 그 사람이 단지 나쁘기 때문이라는 점을 강조하려 한다. 본능적으로 자신을 선으로, 상대를 악으로 규정하고 상대를 매도하면서 자신의 정당성을 확보하려 한다.

옳고 그름, 선과 악, 좋고 나쁜 문제가 감정에 휩쓸리다 보면 오류와 편견을 가질 수도 있는데 사람들은 그 점에 관하여 크게 신경을 쓰지 않는 눈치다. 그러다 보니 사람들은 정말로 자신이 착한 사람이고 상대는 나쁜 사람이라는 착각에 빠지게 된다. 이처럼 어쩌면 우리들의 마음속에도 상대를 원색적으로 비난하는 북한식 막말 공장이 도사리고 있는지도 모른다. 누군가 내 비위에 조금만 거슬리거나 심기를 건드리면 비수를 토해내는 북한 사람들을 닮은 또 다른 내가 있는지도 모르겠다.

여기서 우리가 간과해서는 안 될 것이 있다. 그것은 다름 아닌 내가 상대를 미워하고 원망하는 이유는 무엇인지 분명하게 알아차려야 한다는 것이다. 그리고 만약 내가 미워하는 사람이 있다면 그 사람이 미운 사람인가 나쁜 사람인가, 미우면 무엇 때문에 미운가, 나쁘면 무엇 때문에 나쁜가 냉정하게 판단해야 한다는 것이다. 그래야만 비로소 내가 바로 설 수 있고, 가정이 바로 설 수 있으며 궁극적으로는 우리 사회의 정의가 실현될 수 있기 때문이다.

4장

—

내가 머무는 자리가 쉼이자 도량이게 하기

화를 다스리는 지혜

화가 쌓여서 무작정 찾아온 선암사.

"화가 나면 보이는 게 없다는데 용케 찾아오셨네요. 그래, 화는 좀 풀리셨는지요?"

화는 풀어야지 참으면 켜켜이 쌓이게 된다. 쌓이면 폭탄이 되고 터지면 파편이 되어 생사람을 잡을 수도 있다. 언제 어디로 떨어질지도 모르니 항상 경계하고 조심해야 한다. 하긴 화라는 게 말처럼 쉽게 조절이 되는 것은 아니다.

감정 조절을 잘해야 훌륭한 성악가가 되는데 우리가 고함만 치는 것을 보면 아직은 감정 조절이 잘되지 않는가 보다. 제풀에 일어나기도 하고 제풀에 가라앉기도 하는 화는 직성이 풀려야 가라앉을 것이다. 물론 이곳에서는 부채질하는 사람도 없고 화풀이할 상대도 없으니 진정되셨으리라 생각한다. 아무튼 해수도량海水道場 선암사에 오셔서 화가 안 풀리면 선암사의 체면이 서겠는가.

《장자》에 보면 이런 말이 있다. 한 사람이 배를 타고 강을 건너다가 다른 배와 부딪히면 그가 아무리 성질이 나쁜 사람일지라도 화를 내지 않을 것이다. 왜냐하면 그 배는 빈 배이니까. 그러나 배 안에 사람이 타고 있으면 그는 그 사람에게 화를 낼 것이라고 했다.

그러나 나는 이 말에 동의하지 않는다. 왜냐하면 배 안에 사람이 없으면 배에다 화를 낼 수도 있으니까. 왜 우리나라 사람들이 화를 잘 낸다고 다혈질이라 하지 않는가. 내 경험에 비추어보면 그럴 개연성이 있다. 내가 기거하던 곳은 전기도 들어오지 않은 외딴곳이라 겨울철에는 군불을 지피기 위해서 매일 땔감을 하러 산을 누벼야만 한다. 그날도 지게에 땔감을 지고 힘들게 내려오다가 그만 낙엽이 쌓인 비탈길에서 미끄러지고 말았다.

헌데 위험하게 넘어져서 그런지는 몰라도 나도 모르게 화가 났다. 아무튼 내 자신이 작은 불씨 하나에도 쉽게 발끈하는 사람인지는 모르겠지만 그때 낙엽을 탓하면서 투덜거렸던 기억이 떠오른다. 그러므로 화는 꼭 사람을 상대로 일어나는 감정이 아니라 자기 뜻대로 안 된다거나 방해가 생기면 본능적으로 일어나는 것 같다. 다만 상대가 사람일 경우에는 시시비비로 번질 것이다.

상대가 만만하면 불같이 화를 낼 수도 있고 부담스러우면 그만큼 억누르다가 결국은 화를 삭이지 못하고 엉뚱한 곳으로 터지기도 한다. 상황이 이러하다 보니 어떤 사람은 종일토록 투덜거리는 사람이 있는가 하면 어떤 사람은 몇 날 며칠 불타는 사람도 있다.

목조 인간처럼 겉으로 불길이 치솟기도 하고 속으로 시커멓게 타 들어가기도 한다. 아무래도 우리나라 사람들이 화를 잘 내는 것을 보면 모세혈관에 피가 흐르지 않고 기름이 흐르는지도 모르겠다.

사람들은 이따금 내게 묻는다.

"스님, 스님은 정말로 화가 안 나세요?"

사실 스님이라고 왜 화날 때가 없겠는가. 다만 화가 나면 나는 맞불 작전을 사용한다. 내가 나에게 화를 낸다. 그것도 못 참으면서 네가 무슨 수행자냐고 혀를 끌끌 차면서 나무란다. 그러면 부끄러워지면서 거짓말처럼 화가 사라진다. 그리고 나는 평소에도 내게 습관처럼 되풀이해서 말하곤 한다.

"세상에는 특별한 일도 없고 대단한 일도 없다. 다만 내가 특별하게 생각하면 그 일이 특별해진다. 내가 대단하게 생각하면 그 일이 대단해진다. 내가 아무것도 아니라고 털어버리면 아무것도 아니다."

이런 식으로 이해를 시키면 화를 다스리는 데 많은 도움이 된다. 인욕이란 화를 참는 것보다 화가 일어나지 않는 방향으로 삶을 유도하는 것임을 잊지 말자.

음식은 나를 돌아보는 거울

절에서는 밥 먹는 것을 '공양供養'이라고 한다. 본디 부처님께 올리는 쌀, 과일, 향, 등, 차, 꽃 등 모든 시주물이 공양이다. 또한 잘못을 뉘우치고 참회하는 운심공양運心供養도 있고, 업장을 소멸하기 위해 자신을 불태워서 바치는 소신공양燒身供養도 있다.

부처는 공양받을 자격이 있는 분이라 하여 '응공應供'이라고 하며 스님들은 부처의 가르침을 배우는 수행자다. 그러므로 공양간은 음식에 대한 감사와 더불어 내가 공양받을 만한 자격이 있는지 돌아보는 시간이기도 하다.

또한 공양에는 부처님과 부처님의 가르침, 그리고 삼보에 귀의한다는 의미도 담겨 있다. 사실 다른 절에서는 적묵당을 강원, 선원으로도 활용하고 있으며 초심자들의 정진처, 종무소나 선객, 묵객의 숙소와 같이 다양한 용도로 사용하기도 한다. 적묵당은 말 그대로 '고요하여 명상하기 좋은 집'이라는 뜻이다. 몸뿐 아니라 마음과 생각까지 움직임이 없는 평온한 전각을 말한다.

헌데 선암사는 적묵당을 공양간으로 활용하고 있다. 그 이유는 밥 먹는 것도 수행의 일부이기 때문이다. 특히 공부란 실전이 중요하기에 고요 속의 고요보다는 소요로움 속에서 고요를 찾는 공부를 하는 장소로 활용하기 위해서다. 물속에 있으면서도 물에 젖지 않는 도리요, 불 속에 있으면서도 불에 타지 않는 도리라고나 할까.

스님의 삶에서 수행이 아닌 것이 있으랴만, 공양간도 예외 없는 수행 공간으로 활용하는 선암사의 정신은 선암사가 먼 과거부터 오늘에 이르기까지 한국 불교 최고의 강당이라는 사실을 여실히 입증해준다고 하겠다. 적묵당의 편액이 말씀이 없는 중에 그렇게 말씀을 하고 계신다.

때문에 적묵당에 들어갈 적에는 예의를 갖춰야 한다. 먼저 신발부터 바로 벗고 몸가짐을 바르게 한다. 실내로 들어가면 합장하고 허리를 깊숙이 숙여 절을 한다. 손은 공손히 모아 차수를 하고 발뒤꿈치를 가볍게 들어 소리 나지 않게 걷는다. 음식을 담을 때는 남지 않도록 잘 가늠하고, 식탁으로 돌아와 공손한 마음으로 합장한 뒤 공양게供養偈를 읊는다.

"한 방울의 물에도 천지의 은혜가 스며 있고, 한 알의 곡식에도 만인의 노고가 담겨 있습니다. 이 음식으로 주림을 달래고 몸과 마음을 바로 하여 사회 대중을 위하여 봉사하겠습니다."

마하반야바라밀摩訶般若波羅蜜. 밥을 먹을 때는 말을 하거나 소리가 나지 않도록 하며 음식이 이곳에 오기까지 거친 농민들의 노고와 구슬땀 그리고 시주물에 감사하는 마음으로 공양을 한다. 음식은 곧 나의 세포가 되고 피가 되고 살이 되고 뼈대가 되나니…….

음식은 곧 생명이다. 오늘 하루도 이 음식을 먹지 못해 얼마나 많은 사람이 죽어가고 있는가. 이치가 이러하니 어찌 음식을 두고 투정 부리거나 낭비할 수 있겠는가. 풍요 속의 빈곤이라는 말처럼 우리나라는 아직 겉은 화려해도 속은 미거하지 않은가. 헌데 지금 우리의 자세는 어떠한가. 너무 느슨한 것은 아닌가…….

선암사 적묵당에서의 공양 시간은 자신을 돌아보는 성찰의 시간이다. 밥알 하나하나가 모두 나를 돌아보는 거울이다. 이토록 선암사는 음식을 수행의 근본으로 삼는 도량인 동시에, 가난으로부터 배우지 못하면 다시 가난으로 돌아갈 수 있다는 사실을 일깨워주는 역사의 도량이기도 하다.

나를 위한 태교 여행

《태교신기》에 보면 '무릇 태란 천지의 시발이요, 음양의 근본이며 조화의 원동력이요, 만물을 담는 그릇이니 태시의 음양이 화하고 혼돈하여 지각이 없을 때 태교를 시행할 수 있으니 은연히 돕는 공은 사람에게 있다"라고 되어 있다.

"우리가 만난 곳은 선조사 스님들의 혼이 서려 있는 부도浮屠전 앞이었죠. 물안개 피어오르는 이른 새벽, 당신은 시어머니와 함께 내려가고 있었죠. 마치 다정한 오누이처럼 손을 잡고 길을 가고 있었죠. 두 사람의 대화는 시냇물처럼 감미로웠지요. 계곡의 물안개는 축복인 양 붉게 물이 들었지요. 무엇인가 새로운 창조의 기운이 느껴지더랍니다."

그녀는 자녀에 남다른 애정이 있었다. 예부터 고전 읽기를 좋아했던 그녀는 자식 농사를 잘 지어야 한이 없다는 말을 가슴에 새기며 살아왔다고 한다. 또한 뉴스나 신문 그리고 주변 이야기를 들어보면 자식들과의 불화로 힘들어하는 부모들이 너무 많다는 사실을 알게 되었다.

부모는 좋든 싫든 자녀에 대한 모든 책임을 고스란히 짊어지고 살아갈 수밖에 없다. 자신들이 이 세상과 인연이 다하는 날까지 자녀로부터 자유로울 수 없다. 그러므로 현명한 부모는 그런 불화를 사전에 예방하고 자녀들이 스스로 잘 살아갈 수 있도록 어릴 때부터 교육을 철저히 시킨다.

부모는 자녀의 거울이기에 인과의 지엄한 이치를 깨닫고 언제나 모범적인 생활을 해야 한다. 자업자득이라는 말이 있지만 그 길만이 자신들이 자신의 업에서 벗어나는 유일한 길이다. '선인선과善因善果요, 악인악과惡因惡果'라고 하지 않던가. 그런 연유로 그녀는 아이를 갖자마자 과감하게 회사를 그만두었다.

이 쉽지 않은 결단은 물론 남편과 시댁의 도움이 있었기에 가능했다고 한다. 그리고 예전부터 꿈꿔왔던 태교 여행을 위해 선암사로 오게 되었다. 선암사는 자신에게 중요한 일이

생기면 꼭 와서 기도를 해보고 싶었던 곳이란다. 그녀는 선암사에 머무는 동안 새벽 예불로 몸을 씻고 지극한 마음으로 원을 세웠단다. 태아에게 조계산처럼 맑고 푸르른 기상을 간직한 자리를 만들어주고 싶었단다. 시어머니와의 동행은 부덕을 기르기 위함이란다.

몸을 닦고 닦지 않은 곳에 난초와 쑥의 구별이 있다 하던가. 치란흥망治亂興亡은 지아비들의 밝고 어둡에만 있는 것이 아니요, 부인의 어질고 어질지 못함에도 있는 것이라.

현명한 여자는 남편의 말을 잘 들어주면서 남편을 좌우한다고 했던가. 자녀에 대한 가정교육의 시작은 부부의 화목이더라. 보고 듣고 말하고 생각하고 느끼는 모두가 태교 아닌 것이 어디 있으리오. 부모의 유전정보를 가지고 어머니의 뱃속으로 들어간 태아는 10주가 지나면 유전자 인식을 시작한다고 한다.

어머니가 먹는 것을 비롯하여 숨소리, 맥박 소리, 고동 소리, 스트레스받는 것, 근심, 걱정 등이 모두 태아의 유전자에 저장된다고 한다. 또한 아이가 태어난 후 큰소리를 치면 아이 동공이 확장되고 소변에서 스트레스 호르몬이 검출된다고 한다. 자칫하면 아이가 경기驚氣할 수도 있다. 이치가 이러하니 어찌 삼가롭고 삼가롭지 않으리오. 부모의 말 한마디, 행동 하나가 그대로 가르침이 되는 것을…….

그런 의미에서 그녀는 이번 여행을 훌륭한 아이를 갖기 위한 욕심보다 자신의 몸가짐을 바로 하는 것이 곧 자녀에 대해 어미로서 해야 할 도리요, 생명에 대한 존엄이라고 생각했다. 태교 정신이란 아이가 태어난 후에도 1년, 2년, 10년, 20년 한결같은 마음으로 자녀를 보살피지 않으면 태교 자체도 무의미하다는 것이다.

그래서 자녀 교육은 남편의 도움이 필요하고 자신 또한 많은 공부와 꾸준한 인내가 필요하기에 부부가 서로 자식 농사 한번 제대로 시켜보기로 약속을 했단다. 그리고 그 약속과 다짐을 위해 시어머니를 모시고 굳이 선암사로 태교 여행을 떠나온 것이란다.

나는 그녀의 말을 들으며 참으로 경외심이 일어났다. 왜냐하면 결코 아무나 할 수 있는 일은 아니기 때문이다. 시작이 반이라는 말이 있듯이 그녀는 이미 절반의 승리로 힘차게 도약하고 있었다. 아무튼 그녀의 이번 선암사로의 태교 여행은 태아가 아닌 자신을 새롭게 잉태하고 새롭게 분만하려는 자신의 태교 여행인지도 모른다.

미래를 향한 한 걸음

바둑을 둘 줄 모르는 사람도 바둑이 무엇인지는 안다. 그만큼 바둑은 우리 생활 속에 깊숙이 자리 잡고 있다. 특히 우리나라 젊은 프로기사들의 패기가 예사롭지 않다. 마치 신의 한 수로 날갯짓을 한 듯 세계 바둑의 최고봉으로 떠오르고 있다. 물론 세계라고 해봐야 한국과 중국, 일본이 대표적이지만 이 중에서도 한국은 세계 바둑계의 중심에 서 있다고 해도 지나친 표현이 아니다.

그래서일까, 요즘 들어 바둑 인구가 부쩍 늘어났다고 한다. 어린아이에서부터 어른에 이르기까지 연령층도 다양하다. 세계 바둑 대회에서 한국의 선수들이 좋은 성적을 올리면서 어린 자녀를 둔 학부모들의 호기심도 덩달아 높아졌다.

보통 사람들은 여가를 이용하여 단순한 취미 생활로 바둑을 두지만 요즘은 두뇌스포츠라고 하여 어린아이들의 뇌 활성화와 노인들의 치매 예방에도 활용되고 있다고 한다. 그만큼 바둑이 뇌에 긍정적인 영향을 미친다는 말이 아니겠는가. 헌데 무엇보다도 잡념을 잊어버리는 데는 바둑만 한 것이 없다고 한다.

몰입도가 높아 바둑 삼매에 빠지면 시간 가는 줄도 모른다. 서로 마주 앉으면 흑백의 돌부터 뭔가 승부욕을 자극하는 듯한 분위기를 연출하면서 반상에는 전운이 감돌기 시작한다. 운영 방식도 서로 번갈아 가면서 수를 쓰기 때문에 묘한 쾌감과 의지가 불타오른다. 특히 바둑을 업으로 삼는 프로기사들이 대회에 임하는 자세는 비장하기까지 하다.

바둑판을 사이에 두고 서로 마주 앉으면 바둑판은 그야말로 시계 제로의 안개 속으로 빠져든다. 한 치 앞도 볼 수 없는 바둑판을 헤쳐나가기 위해 그들은 내면의 비상용 발전기를 가동해 눈에 불을 켜야 한다. 그래야만 멀리까지 볼 수 있는 눈 밝은 승부사가 될 수 있기 때문이다. 그러나 바둑의 제일 덕목은 뭐니 뭐니 해도 마음을 비우고 편안하게 들여다봐야 제일 잘 보인다는 사실이다.

어디 세상을 살아가는 데 마음을 비워야 하는 일이 바둑뿐이겠는가만 바둑 애호가들은 하나같이 바둑을 보면 인생이 보인다고 말을 한다. 씨줄과 날줄처럼 얽혀 있는 우리네 인생사가 한판의 바둑 속에 담겨 있다고 한다. 그래서일까. 바둑에는 인생에 도움이 될 만한 격언들이 많이 있다.

예를 들어 봉위수기逢危須棄 즉 '부담되는 돌은 버릴 줄 알아야 한다'라든가 사소취대捨小就大 '작은 것은 버리고 큰 것을 취하라', 부득탐승不得貪勝 '승리를 탐하지 말라' 등은 우리가 한 번쯤 새겨들어야 할 말이 아니겠는가. 또한 성동격서聲東擊西 '동쪽에서 소리 지르고 서쪽을 친다', 과유불급過猶不及 '정도를 지나치면 미치지 못한다', 경적필패輕敵必敗 '적을 얕보면 반드시 패한다' 등도 삶의 지혜가 담겨 있는 말이다. 적의 급소는 나의 급소, 장고 끝에 악수 둔다, 일수불퇴一手不退 등 바둑에서 쓰는 말 중에는 우리가 세상을 살아가는 데 도움이 될 만한 말들이 너무나 많다.

그러나 나는 바둑을 통해서 꼭 한 가지 당부하고 싶은 말이 있다. 그것은 다름이 아닌 바둑을 잘 두는 사람들은 바둑판 전체를 읽는다는 것이다. 서두르지 않고 포석부터 한 점

한 점 전개해나가서 최종적으로 승리를 거머쥔다. 결코 눈앞에 연연하지 않고 작은 것에 흔들리지 않는다.

바둑을 못 두는 사람들이 성급하게 상대를 공략하다가 오히려 낭패를 당하게 된다. 이렇듯이 우리네 삶도 젊어서 너무 서두르지 말고 미래를 향해 한 걸음 한 걸음 나아가는 것이 중요하다. 현실이 고단할지라도 포석을 하듯 한 점, 한 점 고생을 감수하면서 나아간다면 자신의 앞날을 활짝 꽃피울 수 있으리라.

젊어서 고생은 사서도 한다는 말이 있지만, 젊어서 고생은 흉이 아니나 나이 들어서도 허리를 펴지 못하면 인생이 서글퍼진다. 젊어서 누리고 싶은 것도 많고 낭만도 좋지만 내 인생은 결코 한때에 머무르지 않는다.

그러므로 한판의 바둑처럼 사람들도 인생의 전반, 중반, 후반 전체를 들여다보고 설계하고 시행할 줄 알아야 한다. 그래야만 인생을 아름답게 마무리할 수 있음을 잊어서는 아니 될 것이다.

신비한 수다와 삶의 지혜

녹음이 짙어가는 조계산 계곡의 후미진 풀밭, 네 명의 여성이 자리를 펴고 둘러앉았다. 굳이 말하자면 나이가 쉰 살쯤 되었다고나 할까. 물론 그녀들의 나이를 알 필요도 없고 알아야 할 이유도 없다. 하긴 요즘은 시대가 젊어져서 그런지 나이를 가늠할 수 없더라만. 그들은 여고 동창생들로 이따금 이렇게 만나서 여행도 다니고 맛있는 것도 먹고 재미있게 지내는 사이란다. 사람이 남녀를 떠나 노소를 가리지 않고 부담스러우면 안 만나게 되는데 아무래도 그녀들은 스스럼없는 사이인가 보다.

그들은 배낭을 풀어헤치며 조촐하게 입맛을 다실 것을 꺼내놓는다. 누가 먼저랄 것도 없이 말도 꺼내놓는다. 모두가 즐거운 듯 나름대로 이야기보따리를 풀어놓는다. 마르지 않는 샘물처럼 학창 시절의 이야기는 해도 해도 끝이 없다. 굳이 화제랄 것도 없는 시시콜콜한 일상사가 구수하게 목젖을 타고 넘어온다. 세상 사는 이야기는 스스럼이 없고 이해관계에도 얽매이지 않는다. 이것저것 주전부리로 먹을 때는 말도 덩달아 씹혀서 오물거린다.

분명하게 말할 필요도 없고 정확하게 알아들을 이유도 없다. 그냥 한쪽 귀로 듣고 한쪽 귀로 흘려도 무방하고, 양쪽 귀로 듣고 입으로 흘려도 그만이다. 혀가 닳도록 이야기해도 혀를 깨물고 싶도록 후회스러운 말도 없다. 이런 것을 '언어의 유희'라고 하는 것일까. 그들은 지금 언어를 통해서 삶을 즐기고 있지 않은가.

상황이 이러하다 보니 일상의 긴장된 조직들이 이완되면서 리듬을 타고 그대로 레저스포츠가 되어버린 듯하다. 나는 왁자한 그들의 레저스포츠를 보면서 편안한 마음으로 파안하며 박수를 보낸다. 그들 역시 자신들이 연출한 레저스포츠의 주연인 동시에 관객이었다.

자신들의 언어야말로 한여름의 소나기처럼 시원한 휴식

공간이었다. 마치 청량음료를 마신 듯 체증이 싹 가시며 드넓은 초원에서 말言을 타고 달리는 분위기라고나 할까. 그들은 마흔 넘은 여자에게는 봄도 찾아오지 않는다고 말한 어느 소설가의 말을 무색하게 만들며 그들만의 봄을 창조하고 있었다.

시냇물 소리도 정겨운 듯 장단을 맞추고 바람마저 반기는 듯 시원스럽게 불어온다. 그들의 말은 폭발적인 에너지를 품은 채 그대로 산이 되고, 숲이 되고, 메아리가 되어 멀리멀리 퍼져나간다. 지켜보던 나는 그들의 말의 순발력에 압도되었다. 아니, 어쩌면 저토록 재치 있게 말을 잘할 수가 있는지……. 말도 안 되는 말도 그녀들이 말을 하면 재생 공장처럼 말이 되었다.

여성들은 옷이면 옷, 명품 백이면 명품 백, 어느 하나의 주제만 두고도 몇 시간씩 이야기를 나눌 수 있는 능력이 있다고 한다. 여자의 머리카락은 길다. 그러나 그 혀는 더욱 길다고 했던가. 그러나 혀가 길기만 한 것이 아니고 흥겨운 가락이 있지 않은가. 별 흥미로운 말이 아닌데도 그들이 말을 하면 즐겁고 재미있는 말이 된다. 평소 여성들의 말솜씨를 듣고는 있었지만, 이토록 경이로울 줄이야…….

여성들이 말하는 수다란 바로 저런 것이더란 말인가. 어떻게 네 명의 여성이 동시에 말을 하면서 동시에 알아들을 수 있더란 말인가. 아무 말이나 툭툭 내뱉은 것 같아도 수다에는 물 흐르듯이 걸림이 없고 궤도를 벗어나지 않는 자신들만의 룰이 있는 것 같았다. 소리만 컸지 말의 속이 텅 비었다고나 할까. 그러다 보니 걸림이 없고 상처를 입을 일도 없다. 나는 수다에도 상당한 경륜이 필요하고 어느 정도 경지에 올라야만 누릴 수 있다는 것을 알게 되었다.

나는 넌지시 물어보았다. 아니, 대화란 상대와 말을 주고받는 것인데 모두가 말을 하면 어떻게 하느냐. 상대가 말을 할 때는 차분히 들어줘야 상대도 말할 맛이 나지 않겠느냐. 그러자 그들은 상대가 뭐라고 말을 하면 불현듯 떠오르는 생각이 있단다. 그러면 그 말을 바로 해야지 그렇지 않으면 잊어버리게 된다고 한다. 아니, 잊어버리면 그만이지 굳이 남이 말하고 있는데 꼭 끼어들어서 말을 해야겠는가.

"스님, 그건 안 되지요. 말하고 싶은 충동을 억제하면 카타르시스를 느낄 수가 없어요."

그랬다. 그들은 말을 주고받는 대화를 하는 것이 아니요, 샤워 꼭지 같은 수다를 통해 자신들을 정화하고 있었던 것이다.

아~ 수다의 경이로움이여! 나는 그들의 수다를 들으며 마치 저자에서 선미를 맛본 듯 얼얼하기만 했다. 세상에 우울한 수다가 있으랴만 이따금 삶이 힘들고 지칠 때는 마음을 내려놓고 수다 삼매에 빠져보는 것도 삶을 가볍게 살아가는 지혜가 아닌가 싶다.

해탈을 같은 수다! 이따금 그리울 때가 있다.

지혜로운 노후를 살기 위해

허리를 삐끗해서 한의원을 찾았다. 나이가 드니까 여기저기 고장이 나기 시작한다. 특히 허리는 고통도 심하지만 고질병인 듯 잘 낫지 않는다. 한의원에 다니며 침을 맞아도 임시방편이지 시원스럽게 치료가 되지 않는다. 사람들은 나름대로 어디가 잘한다고 말해주지만 결국은 그만그만하다.

그래서 나는 허리나 어깨 등이 아프면 운동으로 주변 근육의 힘을 키워준다. 그러면 근육의 도움을 받아 훨씬 덜 아프다. 헌데 오늘은 사정이 생겨서 한의원에 들르게 되었다. 한의원은 제법 붐비고 있었다. 접수를 마치고 나자 간호사가 내게 말을 건넸다.

"차례를 기다리시는 동안 여기에 앉아 안마 좀 받아보세요."

간호사는 전기로 작동하는 안마용 의자를 가리켰다. 나는 생전 처음 앉아보는 안마 의자가 어색하기만 했다. 막상 앉아서 스위치를 켜자 율동이 제법 리듬감 있었다. 이제 내 몸도 나이가 들었나 보다. 질색하며 점잔만 빼던 젊은 날의 몸이 아니었다. 나는 눈을 지그시 감고 잠시 안마 삼매에 빠졌다.

문득 어디선가 웃음소리가 들려왔다. 어이가 없다는 듯 허탈한 노인의 웃음소리였다. 웃음소리 하나에도 나이가 있고 주름이 있고 표정이 있고 눈빛이 있다. 그래서 사람들은 그 웃음소리가 전해주는 느낌과 감정을 알 수 있다. 헌데 지금 들려오는 웃음소리는 차라리 절규에 가까웠다. 신세를 한탄하는 노인의 긴 한숨은 부음이었다.

노인은 다리에 침을 맞으면서도 연신 간호사를 불러서 자신의 신세를 하소연하려 했다. 그러나 정작 간호사는 바쁜 탓인지 건성으로 듣는 듯했다. 꼭 간호사에게만 하는 말은 아니었다. 부르기는 간호사를 불렀지만 정작 누구랄 것이 없다.

못 배웠으면 배운 데가 없어서 그러겠거니 하겠단다. 못 가르친 죄이거니 하고 넘어가겠단다. 배울 만큼 배운 놈이 세상에 제 아비에게 "아버지는 죽지도 않으세요"라고 말했다는 것이다. 노인은 거두절미하고 그 말만 계속 되풀이하고 있었다. 그 말은 비수가 되어 계속해서 노인의 심장을 도려내고 있었다. 대체 그들 부자간에는 무슨 일이 있었던 것일까.

아무리 험한 세상이라도 사람으로서 할 말이 있고 하지 말아야 할 말이 있지 않은가. 과거 부모란 살아서도 섬기고 죽어서도 섬겨야 하는 존재가 아니었던가. 그러나 부모 앞에서 오금이 저리면서도 천륜을 거역할 수 없었던 그 권위적인 시대는 지나갔다고 한다.

그래서 요즈음 부모들은 늙어서 자녀들에게 짐이 되지 않으려고 나름대로 노후를 준비하지만, 천륜이라는 것이 그리 쉽게 끊어지지 않는 모양이다. 그만큼 인간이 늙고 병들고 죽는 문제는 본인은 물론 자녀들에게도 부담스럽기만 하다. 허나 어쩌랴. 가는 세월과 오는 백발을 막을 수 없듯이 그 길이 비록 가시밭길일지라도 그 길을 가지 않을 방법이 없다.

그러므로 이왕지사 가야 할 길이라면 내 자녀들이 곧 뒤따라 올 길이기에 발자국이라도 흐트러지지 않도록 한 걸음 한 걸음 조심스럽게 가야만 하지 않겠는가. 그래야만 최소한 자녀들이 부모가 남기고 간 그 발자국을 따르지 않겠는가. 한의원에서 자녀와의 갈등으로 힘들어하는 할아버지를 통해서 새삼 늙고 힘없는 노인들이 살아가는 세상은 정녕 없는 것일까 생각했다.

불가에서는 생사를 초월하면 열반의 세계에 머물 수 있다고 한다. 열반의 세계는 모든 고통으로부터 벗어난 세계를 의미하는 것이다. 우리가 비록 깨닫지 못한 중생이지만 지극한 마음으로 발원한다면 세속적 속박으로부터 벗어나 평안한 노후를 보낼 수 있으리라 생각한다. 대자유인이 되어 노병사의 굴레에서 벗어날 수 있으리라 생각한다.

선암사는 생활공간이 아닌 수행 공간

잘 잤니? 무심코 물어본 나는 미안한 마음이 들었다. 왜냐하면 선암사 템플스테이 숙소에는 잠을 편히 잘 만한 침대가 없기 때문이다. 그렇다고 푹신한 매트리스가 있는 것도 아니니 그저 맨바닥에 얇은 이불이 전부다. 그래도 참가자들은 불편을 호소하지 않는다. 아무래도 절에 오면 어느 정도의 불편함은 감수가 되는 모양이다.

"잠자리가 조금만 바뀌어도 잠을 못 자는 사람들도 있다고 하던데 괜찮았어?"

"스님, 아니에요. 오랜만에 너무 잘 잤어요. 아주 푹 잤어요."

"그래? 하긴 선암사가 잠이 잘 오는 도량이긴 하지. 아무래도 이곳에 오면 마음이 좀 편안해지는 모양이야. 어디를 가더라도 내 마음의 침대가 편안하면 잠을 잘 잘 수 있지 않겠니?"

그러나 이따금 불편을 호소하는 사람도 있다. 아무래도 편리한 도시의 생활에 비해 불편할 수밖에 없으리라. 어떤 분은 숙소에 침대가 없다며 돌아가시기도 하고 어떤 분은 전화를 걸어서 방에 화장실과 세면장이 갖추어져 있느냐고 물어보기도 한다.

속세의 생활이 습관이 되면 맨바닥에서 잠을 잔다는 것이 말처럼 쉽지 않을 뿐더러 잠을 자고도 개운하지 않고 허리가 아프기도 하단다. 또한 화장실이 밖에 있으면 귀찮기도 하겠지만 새벽에 한번 다녀오면 잠이 다 깨서 신경이 쓰인단다.

그러나 대다수 사람은 그런 것이 템플스테이가 아니겠냐고 웃어넘긴다. 어떤 사람은 불편한 것을 체험하러 온 것이 아니겠냐며 의젓하게 말을 한다. 하긴 모든 것이 편안하다고 마음까지 편해지고 진정한 휴식이 되는 것은 아니다. 오히려 불편함을 통해 세상의 편리함에 길들어가는 자신을 돌아볼 수 있다면 이 또한 인생의 수확이 아니겠는가.

특히 선암사를 수행 도량이라고 한다. 수행 도량이란 집에서 생활하다가 일정 시간, 특정 장소에 모여서 예배나 기도를 드리는 그런 한시적인 장소가 아니요, 절이 생활공간인 동시에 수행 공간이기에 삶이 곧 수행이고 수행이 곧 삶이라는 의미다. 즉 움직이는 것, 머무르는 것, 앉는 것, 눕는 것, 잠자는 것, 말하는 것, 침묵하는 것, 일하는 것, 휴식을 취하는 것, 밥 먹는 것, 씻는 것, 화장실 가는 것, 신발 벗는 것, 심지어는 숨 쉬는 것까지 어느 하나 수행을 떠나서는 존재할 수 없다.

뿐만 아니라 불편한 시설을 고쳐서 편리하게 사는 공간이 아니요, 불편한 시설 그대로 수행의 근본으로 삼는 공간이라는 뜻이다. 먼 화장실까지 추운 겨울 한밤중에 오들오들 떨면서 가더라도 결코 실내에 들여놓지 않으며, 방음이 살 안돼 소란스러워도 시설을 보완하여 마음껏 얘기하는 것이 아니요, 소란스러움 그대로를 수행의 근본으로 삼아 행동을 조심하고 말을 삼가는 계기로 삼는 것이다.

불편하게 느껴지면 불편하게 느껴지는 그 마음을 분명하게 관찰하여 몸과 마음속에 들어 있는 유해한 습관이나 버릇, 나태한 근성을 꾸짖어 자신의 근본을 바로 세우는 동기부여로 삼는다.

선암사 템플스테이. 그렇지 않은 것 속에 크게 그러한 것

이 있다는 근본 취지를 깨닫는다면 오히려 불편함을 통해 자신을 돌아보는 계기가 될 수 있으리라. 경전에는 다음과 같은 내용이 나온다.

"바른 마음이 도량이니 거짓이 없기 때문이요, 마음을 일으키고 수행하는 것도 도량이니 능히 사물을 판별하기 때문이니라. 마음 깊이 도를 구하는 것도 공덕을 증가시키므로 도량이며 깨달음을 구하는 마음도 오류에 떨어지고 진리를 의심하지 않음으로 도량이라 한다."

조계산 선암사, 생활공간이 아닌 선조사 스님들의 숨결이 오롯이 살아 있는 수행 공간이라는 사실을 잊지 말자.

걸어 다니는 자판기

출장을 가기 위해 용산역에서 내렸다. 스님도 살다 보면 출장을 갈 때가 있나 보다. 서울로, 부산으로, 제주도로, 허공계로 진법계로 그리고 내면의 세계로……. 스님도 때로는 볼일이 있나 보다. 개인적인 일로, 사찰 일로, 국가적인 일로 그리고 우주적인 일로…….

이번에는 일을 봐야 할 곳이 서울인데 용산에서 가까운 곳이라 KTX를 이용하게 되었다. KTX를 타니 과거 같으면 5~6시간씩 걸리던 거리가 절반으로 줄어들었다. 이런 것을 두고 세상이 많이 좋아졌다고 하는 것일까.

문명이라는 것이 빠르고 편리하다는 것 외에 인간에게 어떤 가치가 있는지 모르겠다. 오히려 조급해지고 게을러지는 것은 아닌지 모르겠다. 깊은 산속 옹달샘 같은 수행자들에게 문명과 과학은 어떤 의미일까. 어쩌면 힘겹게 넘어가야 할 또 다른 산인지도 모른다. 자칫 빠져들면 헤어나기 어려운 달콤한 함정인지도 모른다. 허나 어찌하랴. 특유의 수행자 근성으로 묵묵히 그 산을 넘고 넘고 넘다 보면 허공계가 열려 먼 우주로 구도 행각을 떠날 수도 있지 않겠는가!

용산역은 크고 웅장했다. 넓은 광장은 많은 사람으로 북적거렸다. 산속에 사는 수행자에게 도시의 풍경은 언제나 낯설고 부담스럽기만 하다. 마치 치열한 삶의 현장 한복판에 나만 홀로 버려진 느낌이랄까. 대체 도시의 사람들은 왜 이렇게 바쁘게 살아가는 것일까. 총총히 걷는 걸음마다 치열한 삶의 애환이 배어 있지 않은가.

여유가 없이 급하게 흐르는 물줄기에 편승할 수밖에 없는 사람들을 바라보며, 새삼스럽게 도시인들에게 정적인 휴식과 위로가 필요한 이유를 조금은 알 것 같다. 긴 터널을 지나 도착한 지하철역도 붐비기는 마찬가지였다.

두리번두리번 나는 표를 파는 창구를 찾고 있었다. 헌데 창구는 보이지 않고 안내 표지판도 눈에 들어오지 않았다.

아무래도 소란스러운 주변 여건에 집중력이 떨어진 모양이다. 알고 보니 표를 파는 창구가 없어지고 자판기가 표를 대신 판다고 하지 않는가. 나는 어느새 표를 구매하기 위해서 자판기와 실랑이를 벌이고 있었다.

그러나 나는 자판기에서 표를 구매하기 위하여 누군가의 도움을 받지 않을 수 없었다. 쯧, 부질없이 허공계만 서성일 뿐 현실적으로는 눈앞의 자판기 하나도 제대로 다루지 못하는 한심스러운 기계치 같으니라고.

언제였던가 자판기가 처음 나오던 시절의 이야기를 누군가가 기고한 글을 통해 읽은 적이 있었다. 어느 날 할아버지, 할머니가 밭에 나가기 위해 길을 가다가 마을 구멍가게 앞에 이르렀다. 헌데 평소에 보지 못했던 물건이 가게 앞에 놓여 있는 것이 아닌가. 허름한 가게 앞에 말쑥한 차림의 자판기.

시골이 흔히 그러하듯 주인도 밭에 나가고 없는 터라 딱히 물어볼 사람도 없고, 요리조리 살펴볼수록 신기하기만 하다. 분명히 무슨 음료수 같은 것이 진열되어 있는데 도무지 어떻게 사용을 해야 하는지 알 수가 없다. 답답해진 할아버지가 똑똑, 자판기를 두드리며 하는 말.

"콜라 하나 주이소."

그러나 아무런 응답이 없다. 그러자 이번에는 옆에 있던 할머니가 할아버지의 옆구리를 툭툭 치면서 하는 말. "사이다 달라 캐보이소"라고 했다나.

메마른 세상에 요즘은 사람들의 인심이 많이 야박해졌다고 한다. 불은 마른 데로 가고 물은 젖은 데로 가고 세상인심은 돈 있는 데로 흘러간다고 했던가. 옛날에는 일이 밀리면 돈에 구애받지 않고 자기 일처럼 열심히 했다는데, 요즘은 돈을 안 주면 단 10분도 일을 더 하지 않는다고 한다.

오직 돈을 먹어야만 마음의 문을 여는 사람들……. 에누리도 없고, 흥정도 없고, 대화도 통하지 않는 냉정한 자판기. 어쩌면 우리 모두 이 시대의 자판기가 되어버린 것은 아닌지……. 지하철역 구내에서 나는 마치 걸어 다니는 자판기가 서 있는 자판기를 상대로 표를 구매하고 있는 것은 아닌가 하는 착각이 들었다.

경쟁 상대는 바로 자기 자신이다

그녀는 우울했다. 그리고 부끄러웠다. 자신이 자신을 볼 면목이 없다. 사람이 좀 진득한 맛이 있어야 하는데 그저 마음만 앞서서 되는 일이 없다. 지어먹은 마음이 삼 일을 못 간다고 하더니 자신이 꼭 그 꼴이다. 뭔가 새로운 돌파구가 필요한데 돌아서면 까맣게 잊어버리고 마는 이 고질. 정녕 나는 나에게 버림받은 사람인가? 잊혀진 사람인가?

연초에 그녀는 남편과 함께 정동진 바닷가를 찾았다. 그리고 며칠에 걸쳐서 설계하고 다짐했던 새해의 계획을 붉은 태양 앞에서 다시 한번 두 손 모아 맹세했었다. 헌데 이를 어찌하랴! 한 해를 마무리하면서 자신을 뒤돌아보니 허망하기만 하다. 쯧, 사실 연초에 계획을 세울 때만 해도 제법 의기양양 하지 않았던가.

계획도 중요하지만 실천이 더 중요하다는 남편의 말에도 흘겨보았던 그녀가 아니었던가. 남편이 정색하고 말한 것도 아니었는데 민감하게 반응하지 않았던가. 대체 그동안 뭘 하고 살았는지, 일 년은 왜 이리도 빨리 지나가는지……. 괜스레 허송세월만 보낸 것 같아 자신이 원망스럽기까지 하다. 나는 왜 이토록 나하고의 약속을 지키지 않는 것일까.

아무래도 회초리를 맞아야 정신을 차리려는지. 회초리는 말을 안 듣는 사람, 잘못한 사람을 훈육하는 경책의 도구가 아닌가. 그렇다면 이 세상에서 회초리를 맞아야 할 사람은 누구인가. 그건 두말할 필요도 없이 바로 자기 자신이다. 왜냐하면 이 세상에서는 내가 내 말을 제일 안 듣는다. 내가 나하고의 약속을 제일 안 지킨다. 그러므로 회초리를 맞아야 할 사람은 바로 자기 자신이다. 우리 사회가 비록 폭풍의 언덕에 있을지 몰라도 이 땅은 분명히 약속된 땅이다. 누구하고 약속된 땅인가? 바로 자기 자신과 약속을 지킨 사람과 약속된 땅이다. 헌데도 사람들은 자신과의 약속을 지키지 않는다.

무한경쟁시대 속에 과연 유일한 경쟁 상대는 누구인가. 그건 바로 자기 자신이다. 그러므로 불교에서는 조고각하照顧脚下라며 자신의 발밑을 살피라고 한다. 어디를 두리번거리는가. 넘어야 할 산도 나요, 건너야 할 강도 나 자신이라는 것이다. 허나 '나'라는 산은 높은 산이요, 나라는 강은 깊은 강이다. 높은 산은 정상을 쉽게 허락하지 않고 깊은 강은 물길을 쉽게 내주지 않는다.

다시 맞이한 새해, 아침에 일어나면 정신을 가다듬고 자신과의 약속을 해보자. 오늘 하루 이렇게 이렇게 살아보겠노라고 다짐을 해보자. 그리고 저녁에 하루를 마무리하면서 다시 한번 자신을 돌아보고 아침에 자신과 했던 약속을 잘 지켰는지 점검해보자. 자신과의 약속을 지켰으면 자신에게 흐뭇하고 감사한 마음으로 하루를 마무리할 수 있으리라. 뿌듯한 마음으로 내일을 기약할 수 있으리라.

성공은 오늘 하루를
성실하게 산 사람의 몫

서울은 눈이 많이 왔다고? 집을 나서다가 엉덩방아를 찧었다고? 에구, 조심하지 않고. 눈길에 미끄러지면 약도 없다더라만. 특히 자동차 사고나 눈길에 넘어지는 등 타박상은 속으로 골병이 든다고 하지 않더냐. 사과가 떨어지면 겉은 멀쩡한데 깎아보면 속이 멍든 것과 같은 이치지. 흔히 기력이 약한 노인들은 낙상으로 말미암아 큰일을 당하기도 한단다.

갈 길이 멀고 험하니까 젊을 때부터 몸 관리를 잘해야 하지 않겠니? 몸은 내 인생의 전부이기에 몸이 없으면 나 자신도 존재할 수 없단다. 부처는 노병사를 인생의 고통이라고 갈파하지 않았더냐. 하긴 목화송이처럼 탐스러운 눈이 오면 이듬해 풍년이 든다고 했는데. 너는 한바탕 뒹굴었으니 액땜했단 셈치고 그 덕에 너의 내년은 풍요하리라.

헌데 나는 덕담으로 너에게 내년의 풍요를 노래했지만 정작 너는 한가하구나. 내일부터 슬슬 하겠다고 했는데 내일은 무엇이고, 슬슬은 무슨 수작인고? 물론 스님에게 넌지시 건네는 해학적인 수사겠지만 그래도 이왕지사 나온 말이기에 각성하는 의미에서 한 번쯤 짚고 넘어가련다.

우리나라 속담에 오늘 할 일을 내일로 미루지 말라는 말이 있지 않더냐. 헌데 오늘 할 일을 내일로 미룬다면 오늘은 무엇을 하지? 내일로 미루고 미루고 미루다 보면 밀린다는 사실도 알고 있겠지? 그럴 리는 없겠지만 그러다가 벼랑 끝으로 밀리면 어떡하지! 헌데도 사람들은 별생각 없이 자꾸 내일로, 다음으로 미루지 않더냐. 미스터리한 내일은 그야말로 꿈이요, 환상이요, 거품이요, 그림자 같은 것. 흔히 사람들은 내일의 늪에 발목이 빠져도 크게 신경 쓰지 않더라만…….

그러다가 무릎까지 빠지고 배꼽 높이까지 빠져버리면 될 대로 되라고 포기해버리지 않겠니? 하루 이틀은 크게 축나는 줄 몰라도 일 년 이 년은 금방 가버린다는 세월. 사람들이 흔히 세월을 유수와 같다고 하면서 정작 관리는 소홀히 하는 것 같더라만. 생각해보아라. 눈만 뜨면 오늘인데 내일이 어디가 있더냐. 내일은 결코 태어나지도 않으며 존재하지도 않는단다. 다만 패배주의자들에 의해서 만들어질 뿐, 진정한 내일은 오늘 속에 존재할 뿐이란다. 너 혹시 '강물이되 강심수가 되라'는 말을 들어본 적이 있느냐?

강 중앙을 힘차게 차고 흐르는 강심수. 헌데 강물이 힘차게 흐르지 않고 자꾸 미루면 어떻게 되겠니? 그만큼 강 중심에서 밀려나지 않겠느냐? 더 미루고 미루고 미루다 보면 강가녘으로 밀려 부평초와 더불어 썩어가는 강물. 그 강물은 이미 죽은 거란다. 이 세상에는 숨 쉬고 살고 있다고 해서 다 살아 있는 것은 아니다. 차마 죽지 못해 사는 삶이 얼마나 많은 줄 아느냐.

그러므로 언제나 자신에게 생을 불어 넣어야지 사를 불어 넣어서는 안 된단다. 존재하지도 않는 내일, 태어나지도 않는 내일. 성공이란 다만 오늘 하루를 성실하게 산 사람의 몫이라는 사실을 알아야 하리라.

미소는 신비한 주문

남편은 아침에 무거운 마음으로 눈을 뜬다. 요즘 아내의 동정이 심상치 않기 때문이다. 그런 연유 때문인지 눈을 뜨면 아내의 기색을 먼저 살핀다. 그러지 않으려고 마음을 유장하게 먹어도 마음먹은 대로 잘 되지 않는다. 몰래 힐끔 쳐다본 아내의 표정이 어두우면 또 무슨 일이 있는가 조마조마하다.

그런 날이면 집안 분위기가 싸늘하고 답답하다. 덩달아 우울해지면서 출근길부터 짜증이 나고 하루 일진도 좋지 않다. 그러다 보니 언제부터인가 아내의 얼굴 표정에서 하루가 시작된다. 아내의 얼굴이 밝으면 남편 마음도 밝아지고 아내의 얼굴이 어두우면 남편 마음도 어두워진다.

날씨가 흐린 날도 아내의 얼굴이 밝으면 쾌청하게 하루를 시작한다. 그러나 날씨가 맑아도 아내의 얼굴이 흐리면 그날 가족의 하루는 왠지 우울하다. 이럴 때 괜히 말을 걸었다가는 자칫 호되게 당할 수 있다. 그래서 운전을 업으로 삼는 사람들은 가능한 아내와 다투지 않고 출근한다고 한다. 아침부터 아내와 심하게 다투면 그만큼 사고 날 확률이 높기 때문이다.

헌데 어찌 된 영문인지 퇴근하고 집에 돌아오니 아내가 조금 이상하다. 분위기가 많이 달라지고 멋쩍어하면서 웃기까지 한다. 그동안 너무 웃지 않아서 웃는 모습이 어색했지만 남편은 기분이 좋았다. 하지만 또 언제 그랬냐는 식으로 표정이 어두워질지 알 수 없다. 남편은 주춤하면서도 말을 붙여볼 겸 조심스럽게 물어보았다.

"당신, 오늘 무슨 좋은 일 있었어?"

한참을 망설이던 아내는 "좋은 일은 무슨." 하며 말꼬리를 흐렸다. 그러다 사실 오늘 친구와 함께 선암사에 다녀왔다고 말했다. 친구가 선암사 템플스테이에 다녀온 적이 있는데, 요즘 힘들어하는 자신에게 선암사에서 차 한잔 얻어먹고 오

자 해서 따라나섰다고 한다. 그런데 선암사의 차 향기가 정말 좋고 구수해서 맛있다며 한 통 사왔다고 한다.

헌데 스님께서 아내의 얼굴을 보시더니 조금 어두워 보인다고 가능하면 밝게 살라고 하셨다고 한다. 아내의 얼굴이 밝아야 남편의 얼굴도 밝아지고 집안이 밝아진다고……. 마치 자기 이야기를 하는 것 같아 움찔하더란다. 얼굴에 그림자가 지면 그림자 인생을 살 수밖에 없으니 언제나 밝게 살면서 본인의 모습으로 살라고 하셨단다.

웃어야 복이 오지 어두우면 밤눈 어두운 복이 못 찾아온다고 한다. 양지에서 살아야지 어두우면 음지에서 살 수밖에 더 있겠냐고, 자주 웃는 연습을 하면 앞으로 좋은 일이 많이 생길 거란다.

그리고 스님은 미소를 지으며 다음과 같이 말씀하셨다고 한다. "미소는 신비한 주문이며 밝은 주문이다. 최상의 주문이자 그 무엇과도 바꿀 수 없는 주문이며, 능히 나의 고통을 소멸시키는 주문이다. 그리고 미소는 진실하여 허망하지 않은 주문이다."

인생의 쓴맛은 인생의 참맛

커피의 참맛도 모르면서 훌륭한 바리스타나 되는 양 유세를 떤다. 핸드드립을 사용하는 솜씨가 제법 그럴듯하다. 내가 허세를 부려도 스님이 커피를 내려주니까 그저 신기할 뿐이다. 세상의 쓴맛을 다 모아 놓으면 이런 맛이 될까. 도대체 이런 것을 왜 마시는지 모르겠다.

푸념하면서도 이것도 인생의 쓴맛이려니 꿀꺽 삼켜본다. 모두가 고소하다는 듯이 손뼉을 치면서 활짝 웃는다. 세상은 역시 알다가도 모를 노릇이다. 마치 형벌 같은 맛을 즐기고 있으니 참으로 인생사 입맛 들이기 나름 아닌가.

"스님, 혹시 커피 한잔 마실 수 있나요?"

그녀는 스님에게 커피 한잔 마실 수 있냐고 묻는 것도 쑥스럽다. 그나마도 용기가 났던 것은 언젠가 한번 다녀가서 낯이 좀 익었기 때문이다. 헌데 그녀의 말투나 표정이 절에는 자기가 원하는 커피가 없을 거라는 것을 알고 있는 듯하다.

나는 피식 웃으며 절에는 커피가 없노라고 말하면서도 정 마시고 싶으면 종무소에 한번 가보라며 얼굴을 돌려 종무소 쪽을 힐끔 쳐다봤다. 그곳엔 자판기가 있을 거라고 귀띔해주자 그녀는 다소 실망스러운 표정으로 "자판기요?" 한다. 그러면서 그녀는 엷은 미소를 띠며 "스님, 요즘 사람들 그런 믹스커피 안 마셔요"라며 돌아섰다. 돌아서는 그녀의 뒷모습을 바라보며 나는 문득 커피에 대한 호기심이 일었다.

마트의 진열대에 놓여 있는 커피를 보면서 나는 깜짝 놀랐다. 대체 무슨 커피가 이리도 많은지. 다양한 종류의 커피가 진열대를 가득 메우고 있었다. 커피에 대한 호기심이 어느새 나를 이곳까지 인도했던 것이다. 어찌 보면 당연할 수 있겠지만 세상은 이미 커피의 향기가 지배하고 있었다. 산속에 사는 나는 그동안 커피를 몰라도 너무 모르고 있었다. 사람들이 커피 맛을 즐길 때 나는 커피를 모르는 것이 유세나 되는 양 허세를 부리곤 했었다.

어떻게 저토록 쓴맛이 세상을 지배할 수 있는지 이해할 수 없었다. 그것도 커피는 모두 아프리카 등 오지의 열악한 환경에서 태어나지 않는가. 검은 대륙이라면 괜스레 눈살부터 찌푸리며 거부감을 나타내는 사람들의 의식을 마비시키는 커피. 나는 문명의 벽을 뛰어넘고 승속의 경계마저 허물어버리는 커피의 저력을 실감하면서 몇 종류의 커피를 사왔다.

그리고 인터넷을 뒤져서 커피에 대한 궁금증을 다소나마 해소할 수 있게 되었다. 상식을 알게 된 나는 내친김에 강의를 한다는 대학에서 바리스타 교육까지 받고 핸드드립 세트를 갖추게 되었던 것이다. 사람들은 절에서 생각지도 않은 원두커피를 만나면 가볍게 흥분을 하곤 했다. 그 기분은 긍정적인 에너지로 승화되어 힐링에 도움이 된다는 사실도 알게 되었다.

나는 커피의 그 야릇한 향기 속으로 점점 빠져들고 있었다. 그래, 세상을 살다 보면 더러는 인생의 쓴맛을 만날 때도 있으리라. 때로는 폭풍의 언덕을 걸어야 할 때도 있으리라. 그럴 때는 좌절하거나 절망하지 말고 커피의 쓴맛을 받아들이듯 한 번쯤 인생의 쓴맛을 받아들여보자. 인생의 쓴맛 속으로 들어가면 그 쓴맛이 지니는 고유한 맛을 만날 수 있으리라. 그 맛이야말로 인생의 참맛이 아니겠는가.

아니, 어쩌면 인생의 지극한 이치는 쓴맛 속에 있고, 그 쓴맛이야말로 인생의 참맛인지도 모른다. 절망의 땅 아프리카 오지 등에서 태어난 쓰디쓴 커피가 사바세계의 거친 바다를 건너는 나룻배가 될 수 있다는 사실을 깊이 인식해야 하리라.

나에게 바치는 노래

나는 한때 영화를 즐겨 보았다. 시사적인 영화를 보면 스트레스가 풀릴 뿐만 아니라 많은 것을 생각하고 느낄 수 있어 삶을 살아가는 데 도움이 된다. 그런 영화 중 하나가 톰 후퍼 감독, 휴 잭맨 주연의 프랑스 뮤지컬영화 〈레미제라블〉이다. 영화는 시작부터 나를 압도했다.

장엄한 음악이 심장을 뜨겁게 달구었다. 비록 중노동을 하는 죄수들이지만 뭔가 폭발적인 힘이 솟는 느낌이랄까. 나는 〈레미제라블〉을 통해서 장발장처럼 강한 힘을 가진 자만이 자신의 운명을 바꿀 수 있다는 깊은 인상을 받기도 했다.

그리고 무엇보다 음악으로 된 뮤지컬영화라는 데 마음이

끌렸다. 어쩌면 우리 고유의 판소리와 닮은 구석이 있는 것 같았다. 무궁한 진리의 세계가 펼쳐진 스님들의 염불을 생각하게 하며, 중생 교화의 신비스러운 힘을 지닌 부처님의 게송偈頌이 연상되어 깊은 공감을 할 수 있었다.

또한 혁명가인 민중의 노래에 압도되었다. 그 노랫말과 음악은 내가 나에게 끌려다니는 것을 질타하는 듯했다. 나는 대체 어디에서 와서 어디로 가는 것일까. 왜 나는 나를 잃어버리고 눈과 귀, 코와 입 그리고 감촉의 노예가 되어 살아가는가.

그래서 나는 오식五識에서 벗어나 진정한 내 마음의 평화를 누리기 위해 민중의 노래로 나를 질타하기 시작했다. 그리고 나를 향해 쏘는 화살처럼 가사를 약간 바꾸어 틈나는 대로 불렀다. 참나를 찾아 여행을 떠나는 나만의 방식이다.

이따금 이 노래를 부처님의 게송에 견주어 힘주어 부르곤 한다. 그러면 왠지 뜨거운 피가 솟아오르는 느낌을 받는다.

나에게 바치는 노래

너는 듣고 있는가 분노한 너의 목소리 다시는 노예처럼 살 수 없다 외치는 소리

심장박동 요동쳐 북소리 되어 울릴 때 내일이 열려 밝은 아침이 오리라

정신 차려 싸우자 누가 나와 함께하랴 저 너머 장벽 지나서 평화로운 세상

자, 내 자신과 싸우자 자유가 기다린다 너는 듣고 있는가 분노한 너의 목소리

다시는 노예처럼 살 수 없다 외치는 소리

심장박동 요동쳐 북소리 되어 울릴 때 내일이 열려 밝은 아침이 오리라

너의 생명 바쳐서 깃발 세워 전진하라 살아도 죽어서도 앞을 향해 전진하라

저 순교의 피로써 자신을 물들이리라 너는 듣고 있는가 분노한 너의 목소리

다시는 노예처럼 살 수 없다 외치는 소리

심장박동 요동쳐 북소리 되어 울릴 때 내일이 열려 밝은 아침이 오리라

생기 넘치는 삶의 현장

조계산에 해가 지면 계곡을 타고 땅거미가 내려온다. 땅거미는 여린 빛을 덥석덥석 먹어치우며 성큼성큼 걸어 내려온다. 도량에는 어느새 어둠이 용적을 부풀려 나아간다. 땅거미가 내려오자 절을 찾은 내방객들도 모두 돌아가고 도량은 고요하다. 북소리, 종소리 어우러진 사이로 고즈넉하게 울려 퍼지는 스님들의 염불 소리. 일과를 마친 스님들은 모두 숙소로 돌아가 내일을 준비한다.

새벽에 일어나기 위해서는 일찍 잠자리에 들어야 한다. 저녁 9시가 되면 소등하고 잠자리에 들라는 종이 친다. 어둠이 내린 도량에는 적막이 켜켜이 쌓여간다. 이따금 불어오는 바람만이 도량을 휘돌아나갈 뿐이다. 도시 같으면 이제 초저녁인데 산사의 밤은 벌써 깊어만 간다.

"소라야, 너도 새벽 예불에 참여해보지 않겠니? 기회가 있을 때 참여해보는 것도 좋은 경험이 될 거야. 새벽 예불은 스님뿐만 아니라 조계산 내에 살아가는 모든 생명이 함께 참여하여 부처님의 공덕을 찬양하는 시간이란다.

또한 스님에게 새벽 예불은 향수의 바다에 몸과 입과 마음을 씻고 새롭게 태어나는 성스러운 의식의 시간이기도 하단다. 한마음이 청정하면 온 세상이 청정해지고, 우주 법계가 청정해지지 않겠니? 이치가 이러하니 어찌 하루라도 소홀할 수 있겠느냐. 가능하면 너도 동참해 예불 삼매에 빠져보는 것도 색다른 체험이리라 생각한다. 새벽 염불에는 너의 심금을 울리는 구수한 가락이 있단다."

"스님, 몇 시까지 나가면 돼요?"

"새벽 3시 30분까지 대웅전으로 나오면 된단다."

"예? 3시 30분이요? 스님, 저는 그 시간에 잠자리에 들어요."

"그 시간에 잠을 잔다고? 무슨 일 있어?"

"아니요. 퇴근해서 씻고 이것저것 하다 보면 하는 것 없이 금방 3시가 돼요. 낮에는 시간이 안 가는데 밤에는 무슨 시간이 그리 빨리 가는지 모르겠어요."

"아니, 그러면 잠은 언제 자고 회사는 또 어떻게 하고? 잠을 푹 자야 다음날 좋은 몸 상태로 일을 하지."

"일찍 자야겠다고 마음먹다가도 밤이 되면 습관처럼 잘 안 돼요."

그러다 보니 아침에 출근하면 몽롱하고 퇴근 시간이 가까워지면 다시 눈동자에 총기가 살아나 밤 문화에 젖어든단다. 도시인들의 밤 문화는 아무래도 삶의 애환이 담긴 것 같다. 스트레스를 풀면서 동료끼리 격려하고 위로하는 시간이다. 긴장이 풀린 도시의 밤은 왁자지껄 생기 넘치는 삶의 또 다른 현장이다. 도시인들은 밤 문화가 없다면 무슨 재미로 살아갈까.

소라는 퇴근 후 동료들과 밥을 먹고 커피도 마시며 수다를 떨다가 집에 오면 스마트폰을 만지느라 시간 가는 줄 모른단다. 심지어 잠자리가 늦어지다 보니 때 아닌 야식까지 먹게 되더란다. 그러다 보니 소화도 잘 안 되고 점점 피곤이 쌓인다. 이런 악순환이 반복되면 자신도 모르게 몸이 비대해지고 무거워진다.

소라가 잠들 무렵이면 스님들은 일어나야 할 시간이다. 스님들은 새벽에 하루 일과를 시작하고, 소라는 새벽에 하루 일과를 마무리한다. 그러나 비록 거역할 수 없는 힘을 가진 도시의 밤 문화라고 하더라도 내가 마음먹기에 따라서 얼마든지 일찍 자고 일찍 일어날 수 있으리라.

도시의 밤 문화 속에서 살아가는 사람들에게 승속의 경계를 떠나 한 번쯤 새들보다 먼저 눕고 먼저 일어나는 산사의 일상을 전해주고 싶구나.

무위의 음주 아홉 수

선생님! 잘 지내셨소? 한동안 못 뵌 사이에 한가한 도인이 다 되었구려. 가을이 그렇게 한가한 줄 아시오? 뿌린 만큼 거둔다는데 수확의 계절에 뒷-ㅅ짐만 지고 있으니. 하긴 그렇기도 하겠수다. 소도 언덕이 있어야 비비는데 정년을 맞이하셨으니, 선생 때문에 이번 가을이 부쩍 늙어버렸소. 농익어서 옹翁이 되어버렸다는 말이외다. 그렇다고 마냥 누워 있지만 마시오.

업신에 곰이 피면 오던 잠도 달아난다는 사실을 잊지 마시오. 잠이 안 오거든 살며시 술을 한잔해 보시구려. 내 선생께 무위無爲의 음주 아홉 수首를 보내드리오니 이따금 잠이 안 오거든 한 번 읊어보시구려. 두 번 읊으면 취기가 있으니 꼭

한 번씩만 읊으시구려.

天無大 천무대: 하늘 천, 없을 무, 큰 대라.

하늘 천天 자에서 큰 대大 자를 빼면 한 일一 자가 남아서 한 잔 술이오.

仁無人 인무인: 어질 인, 없을 무, 사람 인이라.

어질 인仁 자에서 사람 인人 변을 빼면 두 이二 자가 남아서 두 잔 술이오.

王無株 왕무주: 임금 왕, 없을 무, 기둥 주라.

임금 왕王 자 가운데 기둥 | 을 빼면 석 삼三 자가 남아서 석 잔 술이오.

罪不非 죄불비: 죄줄 죄, 아니 불, 아닐 비라.

죄줄 죄罪 자에서 아래 아닐 비非자를 빼면 넉 사四 자가 남아서 넉 잔 술이오.

吾不口 오불구: 나 오, 아니 불, 입 구라.

나 오吾 자에서 아래 입 구口 자를 빼면 다섯 오五 자가 남아서 다섯 잔 술이오.

立不一 입불일: 설 립, 아니 불, 한 일이라.

설 립立 자에서 아래 한 일一 자를 빼면 여섯 육六 자가 남아서 여섯 잔 술이오.

皂不白 조불백: 까마귀 조, 흰 백, 일곱 칠이라.

까마귀 조皂 자에서 위에 흰 백白 자를 빼면 일곱 칠七 자가 남아서 일곱 잔 술이오.

只不口 지불구: 다만 지, 아니 불, 입 구라.

다만 지只 자에서 위에 입 구口 자를 빼면 여덟 팔八 자가 남아서 여덟 잔 술이오.

旭不日 욱불일: 빛날 욱, 아니 불, 날 일이라.

빛날 욱旭 자에서 옆에 날 일日 자를 빼면 아홉 구九 자가 남아서 아홉 잔 술이라.

부디 즐거운 나날 되시기를 간절히 바랍니다.

주불취인인자취酒不醉人人自醉요, 색불미인인자미色不迷人人自迷라. 술이 사람을 취하게 하는 것이 아니요, 사람 스스로 취하는 것이며 색이 사람을 미혹하는 것이 아니요, 사람이 스스로 미혹하느니라. 술을 알맞게 마시면 약이요, 지나치게 마시면 독이 되나니, 잠을 청하려고 마시는 술이 자칫 시름될까 하오이다.

모든 현상의 중심에는 내가 있다

3박 4일의 아쉬움은 더욱 잘해보겠다는 다짐으로 채워지고, 자신을 좀 더 나은 세상으로 인도하려는 의지는 너의 고민마저 해결하였다는 여유까지 품게 하였으니 이보다 다행스러운 일이 또 있으랴. 이곳에 머무는 동안 나는 너에게 한 마디도 한 바가 없단다. 다만 네가 스스로 눈이 열려 보았고 귀가 틔여 들었으며 마음을 열고 품었을 뿐이란다.

선암사가 아무리 좋은 선물을 주어도 네가 받지 않으면 그만이 아니더냐. 이치가 이와 같으니 아무리 좋은 가르침도 내가 받아들이지 않으면 그만이기에 세상에서 유일한 스승도 자신이요, 유일한 제자도 바로 자신이 되는 거란다.

네가 처음 이곳에 왔을 때만 해도 표정이 어두웠지. 매사에 의욕도 없고 일을 해도 쉽게 피로하고 지친다 하지 않았더냐. 벌써 갱년기가 찾아온 것인지 아니면 몸이 허약한 것인지. 그래서일까, 왠지 회사에서 따돌림당하는 것 같기도 하고, 너는 너대로 적응이 잘 되지 않아 눈치만 보게 되고…….

결국은 이런 일상이 스트레스가 되어 의욕이 떨어진 것은 아닌지. 하긴 그렇기도 하겠다. 내 몸을 나 말고 누가 알겠느냐. 그러나 현실이 그렇더라도 너무 자학하거나 회사 동료를 원망하지 말아라. 세상인심이란 본디 상대에게 썩 호의적이지 않단다. 내 가족, 내 부모도 야속할 때가 있는데 세상인심이야 오죽하겠니?

헌데 다행스럽게도 요 며칠 사이 네 표정이 밝고 의기 있어 보이더구나. 그동안 선암사의 변변찮은 공양이 보약이라도 되었더란 말이더냐. 아니면 미뤄두었던 잠이라도 실컷 잤더란 말이냐. 이것도 아니면 스님들의 구수한 염불 소리에 깨달은 바가 있었더냐. 사람들이 말하길, 본디 절에 오면 보이지 않던 것이 보이고 들리지 않던 음성이 들린다고 하더라만.

그동안 밖에서 귀가 따갑도록 들으면서도 들리지 않던 말들이 새삼스럽게 귓가에 맴도는 이유는 무엇일까. 모든 현상의 중심에 내가 있다는 사실을 모르고 세상을 오해한 것은 아니었을까. 스님이 주신 차 한잔에 자신이 이토록 힘들게 사는 이유를 조금은 알 것 같기도 하다는데…….

그러고 보면 조금 아쉬운 마음이 들기도 하는구나. 왜냐하면 네가 디자이너라고 하지 않았더냐. 그렇다면 디자이너로서 제일의 덕목은 무엇이겠느냐. 그것은 뭐니 뭐니 해도 내 마음의 디자인이 아니겠느냐.

세상과 소통하기 위해서는 누가 뭐래도 내 마음을 한 조각 한 조각 오려서 멋과 아름다움을 창조해야 하는 거란다. 그것이 디자이너가 지녀야 할 진정한 장인정신이라는 사실을 잊어서는 아니 될 것이다.

찰나는 곧 내 삶의 중심

떨어진 것을 확인한 순간, 그녀는 하늘이 무너져 내리는 듯했다. 꿈도, 희망도, 빛도 사라지더니 결국 존재마저 사라지고. 이번이 벌써 세 번째 임용고시 불합격이었다.

얼굴을 들고 다닐 수 없다. 그녀가 할 수 있는 일은 쥐구멍 속으로 들어가 방문을 걸어 잠그고 두문불출하는 것밖에 없다. 그동안 나름대로 얼마나 열심히 준비를 해왔던가. 헌데 지금 그녀에게 돌아온 것은 고작 한숨과 눈물과 시름뿐이다. 오죽했으면 보다 못한 엄마가 저러다 죽겠다 싶어 팔을 걷어붙이고 나섰을까.

그녀는 면목이 없는 듯 풀이 죽어 있었다. 마치 생과 사 두 개의 영혼을 부여받은 듯 반은 죽어 있었다. 지금 그녀에게 필요한 것은 어떻게든 살아나야 한다는 것이다. 훌훌 털고 일어나야지 언제까지 실의에 잠겨 있을 수만은 없다. 왜냐하면 이 세상 외에 그녀가 살아갈 곳이 없기 때문이다.

살기 위해서 지난 과거는 디딤돌이 되어야지 걸림돌이 되어서는 안 된다. 시험에서 떨어진 순간은 이미 지나간 과거 아닌가. 과거는 그녀가 아무리 안타까워해도 원상으로 회복되지 않는다. 물론 세월이 지나면 어느 정도 해결되겠지만 시간에만 의지하는 것은 너무 무책임한 일이다. 인생의 나룻배에서 힘차게 노를 저어야지 그냥 물결치는 대로 방치할 수는 없는 노릇 아닌가.

세상에는 과거의 상처를 딛고 일어나 보란 듯이 성공한 사람들이 너무나 많다. 마치 실패가 성공으로 가는 관문이라도 되는 양 많은 사람이 통과의례를 치른다. 그들이 희열에 젖은 것은 그 힘든 과정을 통과했기 때문이다. 실패를 딛고 일어났기 때문에 더 자랑스럽고 자부심도 강하다. 주저앉고 싶을 때가 한두 번이었던가. 그래서 실패가 또 다른 시작이라는 말이 있는 것이다.

실패로부터 아무것도 배우지 못할 때만이 유일한 실패라

는 말이 있지만, 성공한 자들은 결코 실패했다고 좌절하거나 절망하지 않고 냉정하게 일어났기에 성공할 수 있었으리라.

불교에는 과거심도 불가득이요, 현재심도 불가득이요, 미래심도 불가득이라는 말이 있다. 즉 과거의 마음도 얻을 수 없고, 현재의 마음도 얻을 수 없고, 미래의 마음도 얻을 수 없다는 뜻이다. 현재도 흐르는 물처럼 지나가니 오직 순간의 찰나 속에 생이 존재한다는 것이다.

그러므로 지금 내게 주어진 찰나만이 유일한 시간이며 기회다. 이 찰나가 쌓여 하루가 되고 한 달이 되고 일 년이 되고 무량겁이 되는 것이다. 찰나는 곧 내 삶의 중심이며 희망이자 가치이며 내 인생의 전부다.

때문에 찰나는 유일한 삶으로서 그 무엇에게도 방해받아서는 아니 된다. 지나버린 과거를 힘들어하고, 다가오지 않은 미래를 불안해하고 현재마저 방황하는 사람들이 있다면 돌아가야만 한다. 현재의 찰나 속으로 돌아가야만 한다.

진정한 나의 자리는 과거 속에 있는 것도 아니요, 미래 속에 있는 것도 아니요, 오직 현재의 찰나 속에 있기에 희망을 노래하며 현재의 찰나 속으로 돌아가리라. 그래야 과거의 고통에서 벗어날 수 있으며 미래의 불안이 사라지고 현재에 마음의 평화가 찾아오리라.

본디 시작도 없고 끝도 없는 인생길. 그저 무명 속에 태어나 수백 생을 윤회하면서 진화를 거듭해왔으니, 지금 나에게 주어진 찰나만이 생을 아름답게 장식할 수 있는 무량공덕無量功德을 지니고 있음을 알아야 하리라.

무기력은 가장 큰 질병

아이의 책상 뒤에는 버젓이 침대가 놓여 있다. 마음먹고 공부를 해보려고 하면 침대가 자꾸 몽환적 분위기를 연출한다. 침대는 마치 먼 바다 해조음처럼 자장가를 부르기도 하고, 파도처럼 부드러운 손길로 등을 토닥이기도 한다. 그리고 은근한 목소리로 좀 쉬어가면서 하라고 속삭이는 것 같기도 하다.

엄마는 왜 아이의 공부방에 침대를 놓아서 아이가 침대와 실랑이를 벌이게 하는가. 실랑이 끝에 아이는 지금 공부를 하고 있지만 정작 공부가 잘 되지 않는다. 대체 공부를 하라는 것인지 잠을 자라는 것인지 알 수가 없다. 아이는 점점 지쳐가다 비몽사몽간에 침대로 빨려 들어간다.

딱 5분만 눈을 붙이려던 아이는 이내 깊은 잠 속에 빠져들었다. 공부는 안 하고 잠만 자냐는 엄마의 목소리가 아련하게 들려오는 듯하다. 잠은 꿈을 꾸게 할 뿐 꿈을 이루게 하지는 못한다는데. 그래서일까, 누군가 인간은 꿈의 세계에서 내려와야 한다고 하지 않던가.

그러고 보면 원래 우리의 잠자리는 온돌방이었다. 아침에 일어나면 이부자리를 정리하여 장롱 속에 넣고 잘 때 다시 꺼내 사용하곤 했다. 잠자리는 자고 일어나서 말끔하게 청소하고 그 자리에서 밥도 먹고 일도 하는 생활공간이었다. 그러나 이제는 그 자리를 침대가 천연덕스럽게 차지하고 있다.

어쩌면 집 안의 모든 방은 침대가 놓인 침실이 된지도 모르겠다. 사실 침대는 침대 문화라기보다 침실 문화라고 해야 옳은 표현이 아니겠는가. 침실과 침대는 서로 떨어질래야 떨어질 수 없는 불가분의 관계가 아닌가. 서양처럼 침대가 놓인 침실과 책상이 놓인 공부방이 따로 있어야 공부는 공부방에서 하고 잠은 침실에서 자지 않겠는가. 헌데 우리는 좁은 공간에 침대를 선호하다 보니 결국 공부방에 침대를 놓는 어색한 형태가 된 것이다.

그런 연유로 아이들은 이율배반적인 공부방에서 공부는 안 하고 잠만 자냐는 엄마의 잔소리를 들으며 잠과 힘겨운 싸움을 하고 있는지도 모르겠다. 그런데 침대를 좋아하기는 어른도 마찬가지다. 침대는 침대의 관성에 의해 보는 순간 일단 눕게 된다. 한번 누우면 자석처럼 끌어당기는 힘이 강해 쉽게 빠져나오지 못한다. 괜스레 이런 핑계 저런 핑계만 늘어나며 눕는 것을 합리화하는지도 모르겠다.

잠잔다고 눕고, 피곤하다고 눕고, 힘들다고 눕고, 괴롭다고 눕고…… 습관적으로 눕다 보면 몸이 무겁고 무기력해지며 신체 기능이 저하되고 결과적으로 정신마저 퇴화한다. 몸은 대접받은 만큼 돌려준다는데, 몸을 복지부동하게 대접하니 똑같이 돌려주는 것이 아닌가. 누우면 병이 든다는 말이 있듯이 멀쩡한 사람도 하루 이틀 누워만 있으면 만사가 귀찮고 온몸이 축 처져버린다. 매사에 의욕이 없고 무기력한 것만큼 자신을 힘들게 하는 질병은 없다.

게으름뱅이 코알라는 본디 난폭하고 민첩한 동물이라고 한다. 헌데 언제부터인가 유칼립투스 나뭇잎을 갉아 먹으면서 그 성분에 취해 잠만 잔다고 한다. 본분을 망각하고 자신을 잃어버린 채 살아가는 것이다. 혹시 지금 자신이 사용하는 침대가 유칼립투스 나무로 만든 침대는 아닌지, 지금 내가 한 마리의 코알라가 되어 유칼립투스 나뭇잎을 갉아 먹고 있는 것은 아닌지 고민해봐야 할 것이다.

나라는 집착에서 벗어날 때

템플스테이에 참가하면 체험복과 고무신을 지급한다. 체험복과 고무신은 가능한 한 각자에게 맞는 것으로 지급하여 편안하게 지낼 수 있도록 배려한다. 그래서 옷도 사이즈별로 관리하고 고무신도 깨끗이 닦아 크기와 짝을 맞추기 위해 번호를 적어 뒤섞이지 않도록 한다.

무언가 표시를 해놓지 않으면 신발을 신고 벗는 과정에서 자칫 짝짝이가 될 수 있다. 고무신 No.31은 그런 연유로 적어놓은 숫자인데 누군가 재치 있게 수인 번호 같다는 말을 했다. 듣고 보니 그럴듯하지 않은가. 세상은 창살 없는 감옥이라더니 그의 말대로 어쩌면 우리 모두가 영어囹圄의 몸인지도 모른다. 다름을 인정하지 않고 내 안에 고립되어 힘들어하는지도, 경계도 없는 경계 속에 갇혀서 괴로워하는지 모르겠다.

불교에 '연기緣起'라는 말이 있다. 속세에서 말하는 연기와는 사뭇 그 의미가 다르다. 속세에서는 배우들이 배역을 맡아 하는 연기, 내일로 미루는 연기, 허공으로 퍼져나가는 고즈넉한 저녁연기 등 다양하게 쓰인다.

헌데 불교에서 말하는 연기는 독특하게 '인연법'이라고 한다. 이것이 있으면 저것이 있고, 저것이 있으면 이것이 있다. 고로 이것이 없으면 저것 역시 없고, 저것이 없으면 이것 역시 없다는 논리다. 예를 들어 내가 있으면 네가 있고, 네가 있으면 내가 있다는 상대적인 개념이다.

즉 내가 없으면 너도 없고 네가 없으면 나도 없다는 말이다. 이런 식으로 풀어보았을 때 경상도가 있으면 전라도가 있고, 전라도가 있으면 경상도가 있게 되는 것이다. 둘을 분리해서 생각하면 경계가 생기고 벽이 생겨서 아무래도 반목하게 된다. 그러나 경상도가 없으면 전라도가 없고, 전라도가 없으면 경상도가 없으므로 둘은 하나가 된다. 하나가 되면 내가 타他에 포함되고 타가 내게 포함되므로 그만큼 시기와 다툼이 사라져 평화로워지지 않겠는가.

한반도의 경우를 예로 들어보자. 본디 우리는 한민족 한 핏줄이었다. 그런데 불행하게도 세계의 역사에 휘말리면서 둘로 쪼개졌다. 즉 한반도에 남한이 생기니 북한이 생기고, 북한이 생기니 남한이 생긴 것이다. 남북이 비무장지대를 사이에 두고 서로 대치하는 형국이니 민족끼리 전쟁이 일어나고 오늘날까지 대립하며 긴장하고 있다.

그러나 남한이 없으면 북한이 없고, 북한이 없으면 남한이 없는 것이다. 그러면 경계가 사라지고 서로 하나가 된다. 그렇다면 이 경계는 어디에서 오는 것일까. 38선이나 휴전선의 철조망이 우리를 갈라놓고 있는 것일까. 비무장지대의 지뢰밭이 서로의 발길을 돌리게 만드는가. 그러나 그런 외형적인 것들은 결코 우리의 장벽이 될 수 없다.

다만 내 마음의 장벽만 허물면 우리 앞을 가로막을 장애물은 결코 존재하지 않는다. 지뢰밭이나 철조망, 휴전선은 밖에 있는 것이 아니요, 바로 내 마음의 경계에 불과하다. 그러므로 내 마음의 철조망을 거두어들이면 우리는 모두가 한민족, 한 핏줄, 한겨레가 된다. 이처럼 지역감정, 사회적 갈등, 인종, 종교적 이해관계 그리고 국가 간의 분쟁도 결국은 타를 인정하지 않는 내 마음이 만들어낸 경계일 뿐이다.

부부도 마찬가지다. 남편이 있으면 아내가 있고, 아내가 있으면 남편이 있으므로 둘이 되어 서로 간에 틈이 벌어지고 다툼이 생긴다. 그러나 남편이 없으면 아내가 없고 아내가 없으면 남편이 없으니, 경계는 허물어지고 부부는 하나가 되는 것이다. 이왕지사 결혼했으니 서로 다투지 말고 하나가 되어 사이좋게 살라는 주문이다. 그래서 부부를 몸도 마음도 하나라는 뜻에서 일심동체라고 하는 것이다.

나라는 집착에서 벗어날 때만이 경계가 허물어지고 하나가 될 수 있다는 사실을 잊어서는 아니 될 것이다.